魔豆

The Legend of Sun Knight
吾命騎士
騎士基礎理論
vol. 1
御我——著
J.U.——插畫

吾命騎士

vol.1

目錄

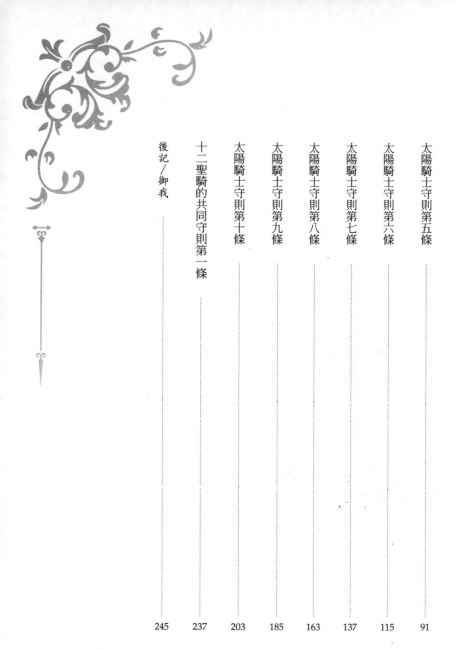

楔子 諸神信仰

凱亞斯大陸擁有眾多信仰。

神祇在這塊大陸上不再是虛無縹緲，只有在求神保佑時才會用到的名詞。

祂們確實存在，甚至還爲數不少。

有些初生的神祇十分弱小，甚至隨時有消逝的危機，當然，所謂的弱小也是以「神」的標準來衡量。

極少部分的神祇卻是難以想像的強大，神的力量絕大部分來自信徒的虔誠，所以信徒的多寡常常是決定神祇強弱的關鍵。

因此，爲了存續與力量，眾神紛紛選擇擴展自己的信仰。

但若是神祇爲了擴展信仰，隨意地在凱亞斯大陸上施展力量，甚至和其他神祇起衝突，恐怕這塊大陸不用多久就會不復存在。

爲了避免這種情況，眾神裡頭最強大的幾位共同訂下「諸神條約」，所有的神都被禁止直接在這塊大陸使用神力，唯一的方法是將力量寄託在信徒身上，由信徒來發揮力量。

於是，眾多信仰就此興起。

其中，歷史最爲悠久的信仰莫過於信仰光明神的光明神殿。

雖然在戰神、渾沌神等等新興神祇的競爭之下，光明神殿已不復以往的光榮盛況，但正所謂瘦死的駱駝比馬大，即使光明信仰已不若以往，信仰的人也年年減少，但一說起最古老且正統的信仰，恐怕十個人中有十個會說是光明信仰。

大家都知道，光明信仰中，最爲有名的就是代代相傳的十二聖騎士。

其中最有名的人物，不論是不是光明神的教徒，而且幾乎連三歲小孩都知道，正是被稱爲最接近完人的「太陽騎士」。

太陽騎士，乃十二聖騎士之首，光明神的代言人，永遠帶著如太陽般燦爛的微笑，慈悲爲懷，相信人性本善，永遠不放棄任何一個靈魂。

其中，第三十八代的太陽騎士更是被稱爲完人中的完人，甚至有人傳說他就是光明神的轉世，他的事蹟幾乎得用上五首長篇史詩才能夠敘述完。

他將黑暗的死亡騎士送回深淵、打倒萬惡的不死巫妖，更少不了屠龍，拯救公主，最終毀滅大魔王！

沒錯！本書所要敘述的，就是第三十八代的太陽騎士。

現在，就讓我們一同來見證他的偉大事蹟，一切就從年幼的第三十八代太陽騎士與他偉大的老師，第三十七代太陽騎士，彼此第一次對話開始……

「孩子，從今以後你就是太陽騎士的接班人，只要你經歷痛苦而堅忍不拔，遇上挫折卻越挫越勇，不管再大的困難與誘惑，你都能堅守你的騎士榮耀，那麼，等到你成年的那天，你將從我的手上接過太陽騎士之名。」

「老師，我可以反悔嗎？」

「不行！」

「爲什麼？」

「因爲我忘記選候補騎士了。」

「……」

太陽騎士守則第一條

「永遠保持笑容。」

我是一名騎士，準確來說，是光明神殿的太陽騎士。

光明神殿侍奉的是光明神，也是這塊大陸上勢力排得上前三大的信仰，雖然只能排上前三大，不過論起古老正統，那就沒有任何信仰可以比得上光明神殿了。

而眾所皆知，光明神殿分爲戰鬥系統的聖殿和神輔系統的光明殿。

我自然是屬於聖殿的聖騎士，聖殿中有傳承下來的十二位聖騎士長，在古時，每一位聖騎士長都統領一支騎士團。

舉例來說，我的稱號是太陽騎士，所以我應該率領的是屬於我的太陽騎士團。

不過，在這個太平的時代，戰爭發生的機率很低，沒有戰爭，騎士團就不能出動，騎士團不能出動，就不能偷雞摸狗，趁著兵荒馬亂之際摸走一點財物——咳咳！

總之，聖殿現在養不起十二個騎士團，所以乾脆把所有騎士團合併成一個聖殿騎士團，而底下分了十二個隊，直屬於我的，當然就是太陽騎士隊了。

雖然原本的太陽騎士團變成太陽騎士隊，不過對於我來說，影響卻是十二位聖騎士長中最小的，畢竟我身爲十二聖騎士之首，理所當然的是整個聖殿騎士團的團長，只要還是團長，管它是太陽騎士團還是聖殿騎士團，你說是吧？

十二聖騎士長有哪些人？

唔！我還是慢慢介紹給你聽好了，直接一長串唸出的話，十個人中有十個還是不會記得有哪些騎士長。

先來看看走在我旁邊的這個傢伙好了，這個有一頭藍色長髮，還到處跟女人拋媚眼的傢伙，他就是暴風騎士。

每一個聖騎士都有自己該有的個性，沒錯，你沒聽錯，「該有」的個性。

舉例來說，太陽騎士天生就是光明神的仁慈代言人。

沒錯，我就是光明神的仁慈代言人。

所以，不管在什麼情況下，我都必須露出太陽一般燦爛無瑕的笑容，就算現在要去見的是全大陸的五個國家中，號稱最討人厭的肥豬國王，我還是笑得彷彿要去見一個大美女。

硬把肥豬男當美少女，兄弟！你應該明白這難度有多高吧？

「仁慈的光明神會原諒你的罪惡的。」

這句話則是我每天必說上百次的話，而且還得帶著最完美的笑容，這是一名太陽騎士的宿命，永遠帶著笑容原諒別人。

因爲「全大陸的人都知道」，太陽騎士是光明神的仁慈代言人，太陽騎士從不放棄救贖任何生命！

所以，哪怕其實我很想一劍戳死那隻肥豬王，讓這個老不死趕快傳位給他那個讓人順眼很多的兒子，但我還是只能帶著燦爛的笑容，努力走去勸那隻肥豬不要再加稅了！

話有點扯遠了，再拉回來。

相較於太陽騎士是光明神的仁慈代言人，暴風騎士則是「自由」的代表騎士，所以他「自由自在」且「風流倜儻」，只要是能蹺的集會，他都蹺。

只要是長得比龍好一點的女人，他都得拋去一個媚眼。

只要和「自由」有點關聯性的活動，他都得插上一腳，譬如說哪邊發生革命，他至少得去做個激揚的演講，有時做完演講還脫不了身，被強迫要去領導衝鋒小隊什麼的。

不過神奇的是，就算暴風蹺掉所有聖殿召開的集會，他總有辦法得知集會上發布的消息，還會做好所有分配給他的工作——有時候還特別多，沒辦法，誰教他不來開會，所以當然要趁人不在，把工作推過去啊！他甚至可以得知下次的集會是絕對不可以蹺的，然後他會準時來上工。

就是說，雖然是「號稱」自由自在的暴風騎士，表面上可以不來開會，但是發給你的公文，你就是得做完！

至於風流倜儻這點嘛……雖然這傢伙沿路走來，不管是公主、仕女、女僕到拿著通馬桶工具的老大媽，都公平地拋去一個媚眼，嘴角還永遠帶著玩世不恭的笑容。

但我一直都很懷疑，這傢伙根本就還是個純情處男！畢竟他號稱風流倜儻這麼久，我就沒見過哪個女人帶著大肚子來找他負責。

他的玩世不恭笑容大概和他的藍色頭髮一樣不眞實。

沒錯，那傢伙的藍色頭髮是染的！

爲什麼要染髮？

因爲「全大陸的人都知道」，暴風騎士有一頭藍色的頭髮啊！

也不知道第一任的暴風騎士是眞的藍色頭髮，還是爲了要帥而染的，總之他害慘了之後的每一任暴風騎士，藍色頭髮的小孩有那麼容易找到嗎？

當然沒有！

所以，之後接任的暴風騎士幾乎都得終身染髮，他們的死因十個有八個是染髮染到腎衰竭而亡……唉！暴風，我先爲你默哀一下。

「太陽，你跟我說話嗎？」一旁的暴風騎士揚了揚眉，還露出一副不要打擾我跟女人拋媚眼的表情。

「暴風兄弟，我並沒有跟你傳遞任何話語，也許你聽到的是仁慈的光明神的溫柔耳語。」我帶著溫和的笑容回答。

暴風的臉扭曲了一瞬又恢復若無其事。

我猜他很受不了我說話的方式，因爲我自己也受不了，但是，太陽騎士就是非得這樣說話不可，就像暴風非得跟每個女人拋媚眼一樣，哪怕那個女人可能不比龍好看到哪裡去。

而我也不得不每句話都扯上光明神，哪怕我正在聊的只是廁所馬桶不通，這十成十也是光明神的旨意。

所以，我不喜歡開口說話，反正也沒有人規定太陽騎士一定要喜歡聊天——感謝光明神，幸好當初的太陽騎士沒有留下多話的特點。

扯回頭髮的話題，暴風騎士要有一頭藍色頭髮，而我太陽騎士則是要有一頭金髮和蔚藍的雙眼。

我就是因爲這頭燦金的頭髮，在當初十二聖騎的審核中，打敗另一個頭髮顏色比較接近褐色而不是金色，但劍術可能有我三倍高明的小孩。

那時候，我的老師，也就是上一任的太陽騎士，幾乎是帶著心碎的眼神宣布我勝選。

他的目光從頭到尾都在那個褐色頭髮的小孩身上。

幸好，雖然我的劍術沒有那個天才小孩厲害，但在別的方面也算是一個優秀的人才，這才讓我的老師稍稍安慰了些。

雖然我三不五時就會聽到我的老師偷偷在和密探說，找到那個褐髮的了沒？我從魔法師那裡買到染髮劑了……

在這個浪費人民交的稅建得長得要命的走廊上，足足走了十幾分鐘後，我才終於走到國王大廳，履行這次來見國王的目的——勸他減稅。

雖然我覺得自己如果能勸得他不繼續加稅，那就是大功一件了。

「您好，我是光明神殿的太陽騎士，在光明神的仁慈之下，我前來會見國王陛下，傳達光明神的慈愛。」

我面帶笑容，從容不迫地對衛兵說。

衛兵帶著憧憬的表情，崇拜地多看了我好幾眼，才轉身把事情傳達下去，不久，大廳的門緩緩開啓了。

我對衛兵丟去一個表達感謝的完美笑容，後者幾乎感動得要流淚，看他眼中閃閃發光的小星星，我的後援會名單上鐵定又要多上一個名字了。

雖然這衛兵一副受寵若驚的樣子，似乎不敢相信我會對一個小小的衛兵如此有禮貌，不過其實他是自作多情了，因爲不管是會見國王或者街角的乞丐，我的臉上永遠都會是完美無瑕的笑容，那是因爲我是個騎士。

是的，永遠燦笑的太陽騎士。

我走進富麗堂皇的國王大廳，那隻死肥豬果然還坐在王位上，居然比上次看到他時還胖，簡直有三個壯漢加起來那麼寬，仁慈的光明神啊，他怎麼還沒死於過度肥胖導致心臟病發作之類的？

帶著完美的微笑，我半跪下，忍著因爲看到過肥的肥肉而導致想嘔吐的感覺，輕輕抓起國王的肥手，在手背上快速一吻，然後抬起頭來，笑著說：「國王陛下，光明神殿的太陽騎士向您傳達光明神的仁慈。」

「夠啦、夠啦！你哪一次不是說傳達仁慈，結果都是來找麻煩的！」肥豬國王非常不耐煩地揮了揮手，完全不給太陽騎士一點面子。

如果不是你先找麻煩，你以爲我會想來看你到底又變多胖啦！

我露出最無辜最誠懇的笑顏解釋：「國王陛下，光明神的仁慈散播在大陸上，只爲讓芸芸眾生接受正義和慈愛的教導，從來不是爲了造成您的麻煩，如果有這樣的誤會，我感到相當地遺憾，並且希望您給我一個機會化開彼此的誤解。」

「夠了！別說啦！」聽完這些話，國王露出疲憊的表情，敷衍道：「快說吧，你到底又來做什麼的！」

「感謝您給我這個機會解釋誤會，我感受到您的包容和慈愛，國王陛下。」

我用完美的禮儀站起身來，自己在心中深呼吸好幾口氣，開始了連自己都受不了的長篇大論。

「自古以來，光明神的仁慈和博愛就滿布大陸之上，每一位大陸子民都是祂所愛的孩子，天下豈有不爲孩子好的父母？既然沒有這樣的父母，當然光明神也希望每一位大陸子民都能過著豐衣足食的日子，然而，雖然光明神是無所不能的神祇，卻也不能違反神祇不直接涉足凡間的規則，只能將祂的仁愛思想託付給光明神殿來發揚光大，且將他最鍾愛的孩子們託付給各位承神運而出的王者手中……」

國王陛下毫不避諱地打了個超級大哈欠。

死老頭，你只是聽而已，你知道我要「說」是多麼痛苦的事情嗎！

「但是，連年來的農穫欠收卻讓祂所愛的子民陷入無以爲繼的生活，雖然我這卑微的太陽騎士無從得知光明神的想法，但斗膽臆測，仁慈的光明神豈會容許祂的孩子們受苦？祂的子民居然生活不好，光明神啊！這會讓神感到如何痛心，光明神的痛心也讓我這太陽騎士感到羞愧，我竟然愧對光明神的託付，讓祂的孩子生活在水深火熱之中……」

國王開始打瞌睡。

兩旁的大臣們拿出公文開始請教站在王座旁的掌政大王子殿下，大王子殿下直接開始批改大臣交上來的公文。

站在我旁邊的暴風騎士已經跟大廳上每一個角落站著的女人都拋過媚眼了，正打算從頭再拋一次。

「……在這樣的悲苦生活之下，人民仍舊秉持著敬仰國王以及敬愛國家的心，將賦稅完整上繳，這是多麼偉大的情操啊！人民如此偉大的情操應該受到獎賞，雖然國王陛下加稅是不得不的舉動，但為了人民這般偉大的情操，您應當有所回應，『取消加稅』，這才不辜負光明神慈愛的原則。」

我好感動！終於說到重點了，沒錯，就是不要加稅啊！死肥豬，農穫都欠收了，你還加個屁稅啊，是不是想逼民造反啊？

「什麼？」國王猛然清醒，大手往桌子上重重一拍，吼道：「不加稅，我的宮殿整修費要從哪裡來啊？」

不……你不要逼我再開口說話了！我十分地痛苦。

「國王陛下。」暴風騎士隨性地說：「產十繳二是大陸上所有國家的共識，你擅自加稅，要是發生什麼不良後果，光明神殿將不會提供任何協助。」

簡單、不拖泥帶水的赤裸裸威脅！暴風，你說得好！真心感謝你啊～～但表面上，我還是帶著不贊同的語氣糾正：「暴風，你怎麼可以這樣對國王陛下說話呢？這違反光明神不妄言的原則。」

暴風聳了聳肩，理論上他必須聽從我這個十二聖騎之首的命令，所以他乖乖不再開口說話，但該說的和不該說的都已經說完了，不開口也沒差了。

雖然暴風對國王說出無禮的話，但不要緊，「全大陸的人都知道」，暴風騎士有著從不理會禮節的隨意性格，所以沒有人會跟他計較什麼。

「你竟然敢威脅我！」國王氣得直發抖。

我連忙接過話來。

「喔！國王陛下，您千萬不要誤解，光明神從不使用威脅這種最低等的方法……」……但是光明神殿會。

「我方秉持著悲天憫人的心情，不忍心人民過著水深火熱的生活，斗膽提出建議。」死肥豬，民眾要是暴動，對你對我都沒好處！尤其是沒多拿稅金卻得出兵幫你鎮壓的光明神殿！識相的就收回加稅的命令，不然我們就眼睜睜看著你被民眾剁成碎肉拿去包水餃，然後再慶祝大王子殿下登基！

「大王子殿下，嘿，上次教皇跟我說他很欣賞你啊！不知道哪天我才能改口叫您國王陛下啊？」

暴風騎士笑嘻嘻地跟王子打招呼。

「承蒙教皇錯愛。」大王子十分有禮地回應。

哈哈哈！暴風這話說得厲害！又是對死肥豬一句簡單有效的威脅，如果不收回加稅命令，就逼你退位！反正你不敢動也動不了能幹的大兒子。

國王果然露出臉色灰敗的頹喪表情，猶豫良久，無力地揮揮手：「既然農穫歉收，那宮殿整修就緩緩，不加稅了。」

感謝光明神！我終於可以回去聖殿啦，在聖殿可沒有人想逼我開口說話，終於可以繼續當我的沉默太陽騎士！

「不過，太陽騎士，你難得來到我國，今晚就辦個宴會給你洗洗塵，你可千萬要陪我喝兩杯，不然不給我面子！」

國王陛下笑得連他那雙肥豬眼都瞇得快看不見眼球了。

這時，暴風也丟過來一個擔心的眼神。

「全大陸的人都知道」，太陽騎士滴酒不沾，喝一口必臉紅，喝兩口必頭痛，喝三口必倒下。

我苦笑了起來，似乎十分為難的樣子，然而這只是做給國王看的，接連被威脅兩次，如果不給肥豬陛下一點小小的成就感，恐怕他就要找神殿麻煩了。

「太陽會……盡力而為。」我做出一副屈服的樣子，十分無奈地單膝回禮。

「哈哈哈，來人啊！馬上去準備宴會，拿出我最好的烈酒出來！」

國王囂張地招呼手下辦事，大王子對我露出抱歉的神情，畢竟正是他阻止不了國王加稅的意圖，索性私下通知神殿來插手。

雖然暴風還在跟女人拋媚眼，不過也不時朝我丟擔憂的眼神過來。

不要擔心，因爲我可是千杯不倒！

沒錯，號稱三杯必倒的太陽騎士我，其實是聖殿最強的酒鬼。

想當初，我的老師帶我到一個神祕的地窖……

「孩子，今天你要學的，就是喝酒。」

「什麼？可是，老師，太陽騎士不是不會喝酒的嗎？」

「太陽騎士永遠原諒他人，你眞的原諒過嗎？」

「沒有。」

「太陽騎士永遠帶著笑容，你心底眞的笑過幾次？」

「沒幾次……」

「太陽騎士是仁慈的代言人，你眞的仁慈嗎？」

「……」

「孩子，如果你不會喝酒，那你要怎麼在喝了酒以後，保持自己一杯臉紅、兩杯頭痛、三杯就倒的太陽騎士形象？」

「這……」

「所以，『太陽騎士不會喝酒』是建立在太陽騎士其實是千杯不倒的原則之下。」

這話聽起來眞有道理，只是仔細想想，又好像哪裡不太對勁？

「喝吧，孩子，這一個月內，你每天晚上都得把酒當水喝，喝到你喝酒和喝水都沒什麼差別爲止。」

「……」

在十二歲那年，爲了太陽騎士不會喝酒的形象，我變成一個喝酒和喝水沒兩樣的千杯不倒。

回到現實，晚上的宴會我才參加了十分鐘，就在國王的灌酒之下，「三杯倒下」了。

很好！我終於可以回房間睡覺去。

可憐的暴風，爲了他的暴風騎士原則，還在向舞會上每個女人拋媚眼，看這些貴族女人的數量，他不到三更半夜拋到眼睛抽筋之前，是不用回來睡覺了。

太陽騎士守則第二條

「優雅、緩慢，最重要的是皮膚要白！」

由於順利完成勸國王不要加稅的任務，我和暴風得到了假期。

不過也有可能是因爲教皇看見暴風的兩顆眼睛腫得像雞蛋一樣，而且走路還不時撞柱子，所以於心不忍——或者是不想再看到另一根柱子遭殃，要知道，神殿的柱子可都是布滿雕刻的藝術品，價值不菲啊——所以才放我們假也不一定。

一得到假期，暴風立刻轉身離開光明殿，朝著我們騎士的基地，聖殿，衝去。

因爲光明殿的祭司中有女人，聖殿的騎士裡卻沒有。

對於兩顆眼睛腫得像雞蛋的人來說，就算光明殿的女祭司都長得跟女神一樣美，拋媚眼還是一件很痛苦的事情。

暴風如同風一樣捲走了，雖然我也迫不及待地想展開假期，但還是只能保持優雅的儀態，慢吞吞地走路。

「全大陸的人都知道」，太陽騎士是十二聖騎士中最爲優雅的一位，不管是任何事情都無法讓其失去優雅的姿態。

想當初，我是多麼佩服我的老師，他不管是站著、坐著、蹲著、上馬下馬，或者逃亡，全都非常地優雅。

某天，我去上茅坑的時候，一時忘記敲門就直接拉開了門，然後看見我的老師正蹲在裡頭，某條黑乎乎的物體正卡在要命的地方……

老師露出太陽騎士專屬的燦爛笑容，非常優雅地把該做的事情做完，然後非常優雅地擦了擦屁股，緊接著又非常優雅地把褲子穿上整理好，再非常優雅地把我抓起來，最後非常優雅地修理我。

我的老師常說：「孩子，你要知道，太陽騎士就算是摔倒，也要摔得非常優雅！」

不知道是不是爲了報復我害他得非常優雅地上廁所，我連摔了一個月的倒，直到我隨時隨地、再怎麼突然再怎麼意外地摔倒，都能摔得無比優雅爲止。

後來，我甚至用優雅的摔倒姿態，讓某國的女王當場捐了一萬枚金幣給光明神殿當「醫藥費」。

從那之後，我就再也不敢站在神殿管錢的旁邊，因爲總有隻手想偷偷把我從樓梯上推下去。

雖然摔倒和上廁所得小心檢查門鎖有沒有鎖好比較麻煩，優雅倒也不是全沒有優點。

尤其是走在光明殿的時候，優雅使我的行動緩慢變得名正言順，動作慢就有利我在光明殿走路時用眼尾記錄美麗的女祭司。

是的，你沒有聽錯，不是看，不是偷瞄，是「記錄」！

因爲「全大陸的人都知道」，太陽騎士發願將終身奉獻給光明神，是光明神最忠誠的聖騎士啊！

所以，太陽騎士當然一點都不重視女色啊！

就算旁邊有個女人長相美得像女神，身材上凸中凹下翹，而且還光溜溜的沒穿半點布料在身上，太陽騎士一樣目不轉睛，直視前方，完全不爲所動！

兄弟們，你也是男人的話，你說這有可能嗎？

有！目不轉睛地直視前方是絕對正確的。

「孩子，你已經十四歲，該是教導你怎麼看女人的時候了。」

「老師，你不是把自己奉獻給光明神，所以對女色沒興趣嗎？」

「孩子，我是把自己奉獻給光明神當聖騎士用，但光明神可沒有把祂自己奉獻給我當女人用啊，所以，要『用』的話，還是只有去找普通女人了。」

「……」

「孩子，我告訴你，身爲太陽騎士，即使你旁邊是一個裸體的絕世美女，你的目光還是必須直視前方毫不偏移，所以你必須學會眼珠直視前方，然後用眼尾那一點點餘光把旁邊的美女記錄在腦海，等回到自己的房間，再從腦海中提出來看個夠！」

喔……左邊走過這個不錯，記錄！

喔喔喔，右邊這個是新來的嗎？沒看過呀，記錄！

「太陽！」

我停下腳步，優雅地朝叫喚的人看去，雖然心底很想罵：他媽的叫屁啊！那個新來的我還沒記錄好耶！

「寒冰兄弟，願仁慈的光明神融化你臉上的寒霜。」

寒冰騎士，在十二聖騎士中，不屬於我的那一半人。

爲什麼這麼說呢？

「全大陸的人都知道」，十二聖騎士是有搞小團體的，一邊是由太陽騎士領軍的溫暖好人派，另一邊則是由審判騎士領軍的殘酷冰塊組，想也知道，溫暖好人和殘酷冰塊是不可能相處得好，所以沒事就得鬥上一鬥。

「太陽，你才該學會光明神的嚴厲作風，不該輕易放過那個無能的國王。」

寒冰面無表情地說話，不過這不是針對我，眾所皆知，寒冰騎士的臉永遠都在結冰，就算天上的太陽直接砸到他臉上，也不能融化他的冰冷表情。

「光明神的仁慈讓我知道，就算是罪人也都有改過自新的可能，我不能放棄任何一個救贖的機會。」

我露出悲天憫人的表情，暗地裡卻打了個大哈欠，「照往例」，寒冰騎士的話不多，所以只要他再回上一句，我們兩個就可以收工了。

「罪人就該得到懲罰，不值得給他們救贖的機會！」

寒冰這話一說完，馬上轉身離開，絲毫不給我回嘴的機會。

我就喜歡他這點！

寒冰騎士比我還不喜歡吵架，只是在「全大陸的人都知道」的情況下，勉強吵兩句作數就好。

而且「全大陸的人都知道」，寒冰騎士的性格冷若寒冰，不但面無表情，而且還討厭說話，所以他這種吵兩句就離開的反應也是非常正常的。

雖然我們每次遇上就得吵兩句，但其實關係是很不錯的，擅長冰屬性魔法的他在天氣炎熱時，總會弄上碗冰給我吃。

當然，爲了表現我們之間是「對立」的，他都會先罵我一句，在我有心理準備後才把碗摔過來讓我接住，接著又吵兩句後，再把他自製的藍莓果醬砸過來，最後用冰魔法對我展開攻擊，把一大堆碎冰丟在我的頭上臉上身上和手上的碗裡面，啊～～好涼快啊！

然後，我就有藍莓刨冰可以吃了，而且還不打破我倆是「對立」的狀態。

所以我眞的很喜歡寒冰這傢伙，然而，我是溫暖好人，他卻是殘酷冰塊，全大陸的人都知道我們不可能是朋友，所以我們只能當「不是朋友」的朋友。

說到朋友，我在休假以前似乎應該去見一見我的「好」朋友，大地騎士。

全大陸的人都知道，大地騎士的個性忠厚敦良，身材高大魁梧，講話十分害羞，有時候還會結結巴巴的講不好……

「對、對不起，我不太習慣和女、女生講話……」大地騎士邊說話邊臉紅著低下了頭。

這時，我剛好推開大地騎士房間的門，聽見他第三十一還三十二次在他房間跟第三十一還三十二個不同的女孩子說這句話。

然後，他第三十一還三十二次暗中狠瞪我一眼，眼神十分陰險，但臉上還是掛著傻氣的笑容跟我打招呼：「太陽，你、你回來啦。」

「是的，在光明神的祝福與支持之下，太陽幸不辱命，成功完成教皇所傳達的光明神的期盼。」

「這樣啊！呵呵，眞是恭喜你啊！那你找我有什麼事情嗎？」

大地騎士始終是傻呵呵的笑臉，但我可沒漏看他眼神中的不耐煩意味。

「在光明神的善意提醒之下，我來跟我最好的朋友大地你打聲招呼，教皇大人有感任務已經不能讓我體會到光明神更多的仁慈，所以，我將在開闊的天地中領會光明神的教誨。」

意思就是，太陽騎士我要去放假啦！

我肯定在大地的眼中看到「幹！要放假就快滾」的意思，而他旁邊那個女人則露出呆愣的表情，我包准她根本就聽不懂我在說什麼，沒跟我相處三年以上的人都不會理解我話中的含義。

這也是我交不到女朋友的主要原因，每一次，我跟我欣賞的女孩說完搭訕的話後，她們都會以爲我在傳教，匆匆忙忙地丟下香油錢就跑了。

「眞好，可以放假啊。」

大地繼續傻憨憨地笑著說，這張傻臉都已經不知道騙了多少女孩子上當，讓她們以爲這是個憨厚小子。

比起每天拋媚眼拋到眼睛抽筋，卻很可能還是個處男的暴風，大地才是眞正吃女人不留風流名聲的狠角色！因爲全大陸的人都知道，大地騎士忠厚老實個性敦良，這樣的人怎麼可能會風流呢？

不可能嘛！就和太陽騎士是個酒鬼一樣不可能嘛！

雖然我已經在他房間看過三十一還三十二個不同的女人了，這傢伙還是年年穩坐年度女人最想要的丈夫人選排行榜第一名。

雖然我長的比大地騎士帥，地位比他高，薪水比他多，但我從來沒有上過「女人最想要的丈夫排行榜」，因爲全大陸的女人都知道，太陽騎士不愛女人只愛神。

幹！

所以，我討厭他。

湊巧地，大概是我每次都在他騙女人的時候開門，所以，他也討厭我。

只是全大陸的人都知道，太陽騎士和大地騎士是最要好的朋友……我們只好當最討厭彼此的好朋友！

我露出苦練十年的燦爛笑容，頓時，那個女人滿臉通紅，想低下頭去故作害羞，卻又捨不得把眼神從我臉上移開。

雖然我始終上不了「女人最想要的丈夫排行榜」，不過，好歹我也是長期攻佔「陽光美男子排行榜」第一名的角色，讓一個女人在短時間內忘記自己最想要的丈夫是誰，絕對不是個問題！

「太陽，你不是要放假了嗎？」大地目露凶光，聲音卻始終忠厚老實，偽裝的能力和我的笑臉有得一拚：「不快點想想要做什麼，假期一下子就過去了喔。」

我感嘆地「啊」了一聲：「這必定是光明神藉由大地你的口來提醒太陽，快些到廣闊的世界去體會更多光明神的旨意，那太陽我就忍痛拜別大地你了。」

滾！

雖然大地的眼神熱辣辣地傳遞這個字，但是他的臉上還是恰到好處地露出期盼的神情，誠懇地說：「期待再次見到你，吾友。」

我帶著笑容點了點頭，心情愉快地關上房門，光看那個女孩被我迷得雙眼愛心飄飛的樣子，大地這次拐女孩肯定又要失敗了，哈哈哈！

能夠阻撓別人追女人，總是讓人心情特別地愉快，很好很好，看來我的假期有了一個美好的開端。

喔不！等一會，我還不能放假去。

雖然之前提到我和寒冰騎士的關係很不錯，不過在十二聖騎士中，和我關係最好的人倒不是他，去度假之前，我得去見見最好的朋友，不然的話，恐怕他又會怪我「見色忘友」——見到別人有美色，趕忙去阻撓別人的好事，導致忘記自己的朋友。

聽說最近審判案特別多，我想我應該能在審判所的「廁所」裡等到他。

果不其然，我才搬了兩張凳子和一盆清水進廁所，然後姿態優雅地坐在小便斗旁邊不到三分鐘，一個黑色頭髮、黑色眼睛，穿著黑色騎士服的騎士就快速地撞開門，衝進來後，就自己蹲在旁邊吐得稀里嘩啦的。

在我優雅地坐在凳子上等他吐完的時間，順便跟大家介紹一下，這個三黑的傢伙（眼睛黑頭髮黑衣服黑）就是我「不是朋友的最好的朋友」，也是殘酷冰塊組的老大，審判騎士。

全大陸都知道的，十二聖騎士中最可怕最殘忍，可以拿來嚇得三歲小孩號啕大哭且晚上不敢睡覺的，就是負責審判罪人的審判騎士。

由於我是溫暖好人的領袖，他卻是殘酷冰塊的老大，所以，我們兩個是死對頭。

我總是說，仁慈的光明神會原諒你的罪惡。

他總是說，嚴厲的光明神會懲罰你的罪惡。

由此可知，光明神一定有雙重人……雙重神格！

上梁不正下梁歪，所以祂底下的騎士也都有點怪怪的。

應該是最可怕最殘忍的審判騎士在他第一次審判罪人後，就直衝到廁所裡嘔吐不止。

本來這也沒什麼好奇怪的，畢竟他第一次審判實習的時候，才十三歲，一個十三歲的孩子承受不起血肉橫飛的拷打也是正常的。

想當初，他第一次審判實習時，我的老師也帶我來第一次和未來的審判騎士實習對罵。

當我看到那被綁在十字架上、打得不成人形的連續強暴罪人時，我的心中真有種很爽的感覺。

你個混蛋！

你知道太陽騎士這輩子只能愛神不能愛女人嗎？你知道太陽騎士講話的方式讓我可能一輩子拐不到女人上我的床嗎？

你、你這個罪人居然敢用這種無恥的方式得到女人！簡直是讓我好羨……好厭惡啊！你這種人渣就是死了都該鞭屍啊！

當我在想著鞭屍到底該怎麼鞭之類的想法時，我的老師暗地裡撞了我一下，我這才想起來，對了，這趟是來實習如何和未來的審判騎士對罵的。

我馬上擺出悲天憫人的太陽式表情，驚呼：「這簡直太淒慘了，你怎麼可以用如此手段來對待光明神的子民，即使他是個罪人，也有悔過的機會啊！仁慈的光明神絕對不會容許這樣的暴行！」

好啦！我先罵完了，現在輪到你了。

我順便轉頭看了看我的老師，看見他的臉上有著讚許的笑容，所以，我知道這次開罵還開得不錯。

但是，那個黑髮黑眼黑衣服的審判小騎士卻遲遲沒有開口說話，而且我發誓，在我罵他的時候，我肯定在他眼中看到自責和懊悔，還有閃閃發亮的淚光。

接著，他淚水盈眶，一把掙脫他的老師，然後撞開我，最後捂著嘴巴跑走了。

「孩子，你還不衝過去教誨他光明神的仁慈？」我的老師拍了拍我的背提醒道。

什麼？還要罵？不好吧，人家都哭了耶……

「記得帶著手帕清水和兩個凳子去。」我的老師下了奇怪的指示後，轉頭開始和他的死對頭，審判大騎士，互罵仁慈和嚴厲。

雖然我很疑惑，但卻不敢違抗老師的命令，急匆匆找上一盆清水、手帕我自己本來就有，然後又挾上兩個凳子後，趕忙跑去尋找未來的死對頭。

最後，我終於在審判所旁邊的廁所裡找到他，他正吐得昏天暗地，吐到都吐不出東西了還在乾嘔。

我不知所措，只能呆呆地站在旁邊等待，等到腳痠了，想起自己有兩個凳子，就走過去遞一個給我的死對頭，然後在自己屁股下墊一個。

又呆呆地坐了一會後，對方終於停止嘔吐。

看著他渾身髒亂的樣子，我自然而然地把清水和手帕遞給他，他也愣愣地接過東西，然後把自己清理乾淨。

手帕凳子和清水居然都派上用場了……我突然有種領悟，難道我的老師當年也曾經在這間廁所裡看著他的死對頭嘔吐？

未來的審判騎士總算是吐完了，他默默地把手帕洗乾淨，然後遞回給我，期間沒有說一句謝謝，因為他不能說，太陽騎士和審判騎士是永遠的死對頭，我們各自代表光明神完全相反的兩種面相，所以，我們絕不能和對方相處融洽！

我倆只有默默無言地對望了一會，我不想用光明神的仁慈罵他，他也不想用光明神的嚴厲回嘴。

從那時候起，我們兩個就常常在廁所交流光明神的仁慈和嚴厲，我常常會帶著清水凳子和手帕來廁所等他，他則是會在審判之前就準備好茶水和點心，在審判完後，就帶著它們衝廁所。

你知道的，剛吐完總是比較餓的嘛。

不過，他準備的點心永遠都是他不愛，但我很愛的那種甜到活像是用砂糖堆起來的甜點。

這時，審判騎士似乎吐完了，照往例，我把清水和手帕遞給他，他一邊慢條斯里地清理，一邊說：「太陽，你好一陣子不曾理會過罪人審判，我以為你終於理解只有光明神的嚴厲才能夠遏止罪人的罪行。」

我明白他這段話的意思，好朋友在埋怨我怎麼這麼久沒來找他聊天了。

「光明神的仁慈不只存在神殿之中，王宮也是需要仁慈的照耀，國王陛下更是渴求著光明神的教誨。」

我被派出去「教育教育」那隻肥豬王了。

「國王陛下必定對你嗤之以鼻，只有光明神的嚴厲才能夠讓他有所警戒。」

肥豬王很難搞吧？審判的眼中帶著同情的意味。

「在暴風騎士的努力之下，國王陛下最終仍是領悟光明神的仁慈。」

多虧了暴風，不然那隻肥豬還不肯屈服減稅。

「暴風騎士必定深深懊悔自己不以光明神的嚴厲來教育整個王宮，他的眼睛難道看不見王宮中的罪惡？」

他去那麼多女人的王宮，眼睛沒事吧？

「他用眼睛見識王宮中的罪惡，雖然苦痛萬分，但仍以光明神的仁慈來包容他們。」

他的眼睛只差沒瞎掉了。

「願光明神不會懲罰他見識罪惡卻不懲罰罪人的雙眼。」

眞可憐，希望他的眼睛早點好起來。

「教皇已經傳達光明神對他的支持，以外頭溫暖的陽光照耀他那雙包容的雙眼三天，太陽十分慶幸自己能夠和他一起體會光明神的仁慈。」

他放假三天，我也是。

「願正午的陽光能夠讓你們體會光明神熱辣的嚴厲，無論走往何處，光明神的嚴厲無所不在。」

希望你們玩得愉快！你要去哪玩啊？

「光明神的仁慈照耀在太陸各個角落，即使是太陽騎士的陋室。」

龜在房間睡覺。

審判那張嚴厲的酷臉上終於忍不住露出笑容，他笑著搖了搖頭，然後拿了塊點心遞給我：「願你有朝一日會接受光明神的嚴厲。」

「也祝你早日接收到光明神的仁慈。」

我接過點心咬了一口，嗯，是藍莓口味的，眞好吃。

話說三天的假期，我跟審判騎士說要在房間睡覺……喂？你什麼眼神啊？不相信我眞的是要在房間睡覺？

什麼？去泡妞？

別傻了，我才不想幫神殿賺錢呢！所以根本不想讓那些女孩子在聽我說完情話後，還以爲我在跟她們傳教，最後把香油錢丟在我臉上，全部逃之夭夭。

啥？我不是酒鬼嗎？去酒館喝酒？

你瘋啦！

記得我是誰嗎？

我可是太陽騎士耶！三杯就倒的太陽騎士怎麼可能去酒館喝酒呢？

你以爲我放假就不是太陽騎士啦？

我的老師常常說：「一日是太陽騎士，終身微笑笑到死。」

即使是放假，我還是一個太陽騎士，差別只是變成一個正在放假的太陽騎士而已。

就算放假，我臉上的笑容還是得像太陽一樣燦爛。

就算放假，我見到人說話還是得三句不離光明神的仁慈。

就算放假，我看到美女還是只能用眼尾記錄。

所以，我寧願龜在房間裡睡覺，臉上表情要多臭就多臭，沒事還可以大叫肥豬王去死吧，然後努力用記錄在腦海中的美女進行各式各樣○○××的幻想……

一邊幻想美女，一邊還可以打開床底的暗門，到地窖去拿上「上一任、上上一任、上上一任……」的太陽騎士偷偷在地窖釀的酒來喝，同時，爲了感恩前面的太陽騎士，造福後面的太陽騎士，我還得去廚房拿點蘋果回來。

我的老師常說：「孩子，你的劍術可以不好，因爲劍術不好最多是早死。」

「你的光明神術也可以學不好，學不好最多是治不好病人的傷，給他兩句祝福，祝他早日見光明神就好。」

「但是，釀酒一定要學好！不然，你就是去見光明神了，後世的太陽騎士也會因爲沒好酒喝，生生世世地詛咒你！」

我的老師最擅長釀的是葡萄酒，所以我有滿地窖的葡萄酒可以喝，我最擅長的是蘋果酒，所以我的學生勢必有滿地窖的蘋果酒可以喝。

但是，拿太多蘋果的後果是，廚房大娘每餐爲我準備的餐後水果永遠都是蘋果……

所以我對蘋果的觀感和對大地騎士是差不多的，我是個最恨蘋果的愛吃蘋果的太陽騎士！

爲了不想微笑！

爲了不想說「光明神的仁慈」！

爲了不想再見到蘋果！

我想我還是龜在房間睡覺，順便保養我的皮膚。

什麼？你說男人保養什麼皮膚？

兄弟，你有所不知啊，「全大陸的人都知道」，太陽騎士是個金髮、藍眼，外加皮膚白刷刷的美男子啊！

就爲了成爲皮膚白刷刷的美男子，每一位太陽騎士最後都成爲美白面膜的專家，但是，我相信自己一定是其中的美白佼佼者。

雖然我的稱號是太陽騎士，但是我最恨曬到太陽，因爲我非常容易曬黑，每次曬到太陽之後，當晚都得敷上一整晚的面膜來補救我白皙的皮膚。

同時，容易曬黑的我爲了「即使在大太陽底下戰鬥上一整天，隔天照樣白皙如往常地出現」，我鑽研了各式各樣的美白面膜。

目前研究出最有效的面膜是：發酸的牛奶滴進十滴檸檬汁再擠進整整三十朵的玫瑰花汁還有十朵薰衣草汁，最後混上一點麵粉，然後把它塗滿全身，再燒一鍋水，用蒸氣蒸全身一小時。

警語：太陽騎士我是有練過的，不是騎士不要學喔！

保證就算做了一整天的日光浴，隔天仍然白得像發酸的牛奶一樣，乳白中只帶一點點鵝黃的膚色。

其實，我真的很懷疑，第一任的太陽騎士根本就是白化症的患者！

不然的話，爲什麼他可以在太陽底下鍛鍊、戰鬥，聽國王訓話等等曝曬行爲，卻還是留下白皙美男子的該死印象給全大陸的人去知道呢？

但不管第一任太陽騎士到底是不是白化症患者，我除了每週都得脫光光把自己全身蒸一遍的選擇以外，沒有別的辦法了。

有一件事情比蘋果和大太陽更可恨，就是每當我脫光光，然後把美白面膜塗上全身，正打算開始蒸自己的時候，常常就會有個該死的混蛋來敲門——

叩叩叩！

你看吧，幹！這一定是詛咒！

我都快習慣了。

「請問門外是哪位兄弟在光明神的溫柔耳語提醒之下，前來尋找太陽討論光明神的仁慈呢？」

這傢伙最好他媽的眞有重要的事找我，不然我就把身上的面膜剝下來，然後通通塞進他的嘴裡！

「我是綠葉。太好了，太陽你在啊，快出來，有不死生物出現在城內。」

綠葉騎士？溫暖好人派中，難得讓我眞心喜歡的一位騎士。

理由是，他眞的是個好人。

「綠葉兄弟，請稍待一會，在光明神仁慈的提醒之下，太陽警覺自己必須以整潔乾淨的姿態來面對這個世界。」

再急，也要讓我刮下身上的面膜，穿件衣服再說。

不然我出現的時候，大家到底會攻擊那個不死生物還是攻擊我，這可很難說，我現在的模樣充其量只算個正在融化的不死生物。

「好的，你慢慢來，太陽。我去幫你攔住那個不死生物，放心，我一定會把它留給你收拾的！」

綠葉騎士說完後，我果然聽見他急急離開的腳步聲。

你看吧，他多麼地善良啊！我如果是個女人，肯定會用最溫柔的語氣跟他說：「你眞是個好人！」

全大陸的人都知道，太陽騎士最痛恨的東西，就是該死卻不死的不死生物，這種「生物」完全違反光明神的旨意，黑暗屬性又與憧憬光明的太陽騎士背道而馳，所以太陽騎士見到不死生物都會抓狂！

當然會抓狂，因爲太陽騎士唯一可以不用原諒的東西，就是不死生物啊！

意思就是說，我可以邊怒吼邊把不死生物剁成一大堆碎肉，將那些每天要微笑、每句話要帶光明神的仁慈、不能正眼看每個美女、每週都得敷面膜的所有怨恨全都發洩在它身上啊！

我的老師常說：「孩子，你一定要常常去找不死生物。」

「因爲太陽騎士立誓要摧毀所有不死生物嗎？」

「不，是因爲你要常常去找它們發洩情緒。」

「什麼？」

「你想想，你每天都在笑、每個人渣都要原諒、每句話都要頌讚你可能一輩子都不會看到祂的光明神，如果你沒有發洩情緒的管道，要是得了憂鬱症，那你可能就會無法做好太陽騎士的工作，做不好的話，你就會失業，失業了你就會更憂鬱，最後就憂鬱到去見光明神了，你不想落到這麼悲慘的下場吧？」

「……不想。」

「所以，孩子，至少每個月都要去找不死生物發洩一下情緒，懂嗎？」

「要是找不到怎麼辦？」

「不要擔心，孩子，來，這裡有張教會特約的死靈法師名片，不但可以指定你要的不死生物種類，還可以報公帳讓教會去付錢。」

「……」

爲了不得憂鬱症，爲了不失業，爲了不要太早去見光明神，我急匆匆地刮下全身上下的美白面膜，趕去把自己所有的怨恨發洩在不死生物上頭。

幸好，我還沒開始蒸自己。

因爲，濕答答的面膜絕對比乾掉的面膜好刮數十倍，不相信的話，下次拿一盆漿糊塗在你自己身上，然後左半身保持濕潤，右半身烤乾，比較看看有什麼差別。

不過，這裡還是先給您老話一句，太陽騎士我是有練過的，不是騎士的話，做了此舉動會有什麼後果，本騎士概不負責。

話說當初，我的老師教我最基本的美白面膜配方時，就忘記交代我最重要的一句話，當他想起來、趕回來提醒我的時候，我已經把面膜烤乾，正在刮除中……

「孩子，千萬不要把面膜塗在你的『重要部位』，不然的話……」

「啊啊啊啊啊啊啊！」

從此，我的重要部位長不出半根毛來。

我的老師一直都覺得他對不起我，從此之後，他總是特別用心認眞地教導我，再也不敢漏說半句話。

話題扯遠了，總之，濕濕的美白面膜只要用水一沖就乾淨溜溜了，雖然這一沖，也把我花費兩個小時調面膜燒熱水的心血給沖走……我的那個心痛啊！買玫瑰花和薰衣草的錢，神殿是不給補助的啊！

我就這麼含淚看著自己的薪水被大水沖走，可惡啊！我要把所有的怨恨都發洩在那個該死的不死生物身上！我恨啊！

立刻穿好騎士服，提起太陽神劍，我衝啊！

我一腳踹開房間的門，衝出來後，還搞不清楚到底要往哪邊衝，幸好，綠葉這傢伙不但是個好人，而且還是個心很細的好人，他不但自己衝去幫我保留那個不死生物，而且留下一個實習聖騎士來幫我指路！

綠葉！我發誓等我發洩完情緒後，一定要建議神殿發一張好人騎士證書給你。

太陽騎士守則第三條
「就算是死，也要死得非常優雅！」

我一路風風火火地衝到街道上，這時已經不需要那名實習騎士的引導了，那股死亡之氣簡直是沖天而起，我從來就沒在城中感受到這麼濃烈的死亡氣息！

難道，我上次跟死靈法師指名要比較高等的不死生物，眞的成功了？不會吧！聽我老師說，因爲神殿付的錢很少，所以，死靈法師最多召喚幾個缺手沒腳的殭屍給我玩玩。

聲音來源就在隔壁街，相隔一屋而已，我立刻踹了牆壁一腳，借力跳上屋頂，然後看準聖殿騎士聚集的方向一躍而下，身在半空中就低吼：「違反自然死亡定理的不死生物，黑暗中的污穢存在，吾乃光明神座下之太陽騎士，以懸掛在天空中的太陽爲名，吾必將汝的存在徹底抹滅，以榮耀光明之美！」

「太陽，你總算來了！」

底下，綠葉騎士轉頭朝我看來，臉上盡是鬆了一口氣的神色。

同時在他旁邊的還有暴風、大地和寒冰騎士，他們各自率領自己騎士隊中的數名騎士，我看了看，現場總共聚集二十幾個聖殿騎士，在我印象中，在城中這樣大規模出動，似乎還是頭一次。

不過，我大概可以了解到這麼大手筆的原因，畢竟，死亡騎士可不是什麼好看見的不死生物——等、等一下！死亡騎士？

這種召喚出來的機率低到會讓死靈法師寧願自己動手剷除敵人還比較省時省力的黑暗

生物，爲什麼出現在這裡？

難道是迷路了不成？

糟！

由於太過驚訝，我左腳掌的筋肉突然失調，導致彎曲的弧度不足，踢上右後小腿肌，影響到右膝蓋的角度不對，無法正常指使右大腿朝前跨出一步，雖然聽起來很複雜，不過簡單來說，這情況就是……

我絆倒了。

而且還是在半空中絆倒了。

幸好，由於我老師用「合理的訓練」和「不合理的磨練」，雙管齊下的跌倒特訓可不是我在吹牛，包准連光明神摔倒都無法摔得比我更優雅，不過想必光明神是不會摔倒的，所以無從考證。

我的腰反射性地朝前一彎，雙手如同跳芭蕾舞般朝前方優雅地畫出兩個弧，在空中前翻轉整整七百二十度，最後側身反轉一百八十度，完美著地！雙手緩緩在胸前從上到下迴旋出一個蝴蝶形狀，然後緩緩回氣，恢復到太陽騎士挺拔優雅的站姿。

啪啪啪啪啪！眾人皆立正鼓掌，有名騎士還拿劍敲著盾牌，大叫：「安可、安可！再摔一次！」

去你的再摔一次！死亡騎士怎麼沒把這個白痴送去給光明神重新教育？

「十分！」綠葉果眞是個好人，馬上送我一張十分。

「哼！五分，著地的腳步不夠穩。」可惡的大地！一定是在記恨我剛才打斷他的好事。

「八分，在女王面前摔的那次比較優雅。」暴風……好吧，算你中肯。

我承認那次爲了不在女王面前出糗，我是使出「在老師教導之下還存活十年而且沒有心理變態（不管有沒有變態我都不會承認的，所以算沒有）」的超人耐力來進行優雅的摔倒，足足摔了三百二十三階樓梯！

從那時開始，在我心中，神殿樓梯的可恨度比大地騎士還高。

幹！樓梯建那麼長要死喔！

要不是神殿下面有幾百個祭司瞬間用上千個治癒術把我瞬間治好，我早變成第一個死於摔倒的太陽騎士了。

之前已經提過我的老師曾經說過：「太陽騎士就算摔倒，也要摔得非常優雅」，沒錯吧？

當我年齡大到要出實習神殿派的任務時，我的老師就語重心長地說明：「孩子，你終於要去出任務了，老師我感到非常地欣慰，所以，有些事情一定要交代你，我才能心安。」

「老師，我一定會小心的。」我非常感動，老師果然很關心我！

「是的，孩子，你一定要小心！記住，太陽騎士不管何時何地都要保持優雅。」

「老師，我會很優雅地完成任務。」我非常乖巧地點頭答應。

當時，我已經過了好幾個月的摔倒生活，平均三天就有一次因爲摔倒傷勢過重，必須去找祭司施展治癒術才有辦法治好。

我的老師搖著頭說：「孩子，優雅地完成任務只是基礎而已。」

我不解地問：「那什麼是進階呢？」

「孩子，你要記得，當你任務失敗、瀕臨死亡時，那時你就要……」

「向光明神祈禱嗎？」

「不，要思考到底要用什麼姿勢死亡，這姿勢要配上安祥的表情，還是壯烈的表情，最重要的是，要死於被敵人一劍插進心窩，或者自刎等等的死因，只有將種種死亡要素做好完美地搭配，你才能用最優雅的姿態死去！」

「太陽騎士就是死，也要死得非常優雅！」

「……」

所以，我要是死於「摔倒」這麼不優雅的死因，我的老師說不准會氣到用死靈魔法把我復生成死亡騎士，然後用光明神的神術再讓我重新優雅地死一遍。

「太陽，這個死亡騎士還挺強的，你要小心一點。」

綠葉騎士一說完，就和暴風、大地騎士一起往後退了好幾步，將中央的空間留給我和那名死亡騎士。

這時，後頭有幾個騎士擔心地驚呼：「那個不死生物交給太陽騎士長一個人來對付，會不會太勉強了？」

大地騎士「忠厚老實」地說：「放心吧，我最要好的朋友是絕對不會輸給不死生物的。」

「是呀，太陽一遇到他最痛恨的不死生物就會強上好幾倍，你們千萬不要去搶他要對付的不死生物，不然他會生氣的。」

好人綠葉對那些騎士說明完，還丟給我一個「你放心，我不會讓別人打擾你戰鬥」的笑容。

等、等一下啊！以往對付的不死生物，全都是我報神殿公帳，請死靈法師召喚來讓我紓解壓力，以免得憂鬱症用的，但現在的狀況明顯不對勁了呀！

這時，死亡騎士手上的那把劍突然爆起幾尺長的黑火，他張開爛一半的嘴巴，發出非人所能的狂暴嘶吼。

很好！也許我可以開始思考要用哪種死亡姿勢配合上哪種死亡表情，選個最愛的死因，然後優雅地回光明神身邊了……

我才正要從該用什麼姿勢來死這點開始思考，可是那名死亡騎士居然拿著黑火亂噴的劍砍過來，開什麼玩笑啊！沒有想好死亡姿勢搭配表情和死因，確定自己能夠死得極爲優雅之前，我怎麼能死！

我的老師常說：「沒天分沒有關係，最重要的就是練習、練習、再練習，孩子，你再摔倒個把月……或者個把年，一定可以練成優雅地摔倒！」

所以，要是我沒有優雅地死去，我的老師一定會把我復活、復活、再復活，然後讓我死上個把月或者個把年，最終練成優雅的死亡法，然後才讓我眞的死掉。

所以，在沒有想好如何最優雅地死去，或者是交代我的好友審判騎士，叫他在我死後把我碎屍萬段，讓老師絕對無法復活我之前，我可千萬不能死！

「喝啊！」

我一邊大吼，一邊拔出劍，巨大的一聲「鏗鏘」，架住死亡騎士那把冒著黑色火焰的劍。

「不愧是太陽騎士，眞是好強大的氣勢，完全不輸給不死生物呢。」

一旁的聖騎士發出讚歎聲。

綠葉騎士大驚地喊：「太陽！你怎麼沒有帶你的太陽神劍？」

靠！太陽神劍是能隨便帶出門的嗎？那根本是一把價值連城的古董，雖然說它目前還鋒利無比，但誰知道它哪天會斷啊？

哪天斷都沒有關係，就是不要斷在我的手上，不然就是拿我今後的全額退休金都還不起！

而且我本來以為只是來砍隻缺腿少手的殭屍，定期預防憂鬱症的發生而已，有人殺雞帶牛刀，治療憂鬱症還帶一把讓自己時刻擔心可能會被偷或者乾脆自斷的古董劍嗎？

什麼？你說我杞人憂天？

好！就不說斷不斷的問題。

一把劍不管它是什麼太陽神劍、××聖劍或者○○邪刀，總之，只要它是把武器，砍久就一定會鈍，鈍了就得拿去給鐵匠磨。

普通的劍拿去磨，最多只要一枚銀幣就算很貴的了，但是太陽神劍這種價值連城的東西，普通鐵匠是沒有膽子動它的，所以我得找城裡最有名的鐵匠才行，那價錢至少就是一枚金幣起跳啊！

一枚金幣都可以拿來買一把不錯的劍啦！

更何況劍是會越磨越薄的，所以花一枚金幣去磨太陽神劍，會導致它變薄，增高它斷裂的危險性，我還寧願用自己的牙把怪物咬死！

不過為了太陽騎士優雅的形象，我還是忍痛花一枚金幣買劍來代替太陽神劍，畢竟要優雅地用牙齒把怪物咬死，難度實在是太高了。

雖然我心底一直在碎碎唸，不過其實已經和死亡騎士過了十幾招，武器相交的鏗鏘聲不絕於耳，每一聲都讓我的心疼得好像要碎了，刀劍和刀劍相撞是最可怕的事情，除非兩把武器等級相差太多，不然幾乎每一撞，劍鋒上都會多出一道缺口，劍的缺口多了就得拿去整修啊，整修也要錢啊……

要不是那隻死亡騎士的劍還冒著黑火，看起來似乎不太好惹的樣子，我眞想乾脆拿我的身體去擋算了，反正光明殿有一大堆祭司，多的是免錢的治癒術可以用！

不過，我還是覺得有點奇怪，傳說中極難召喚出來的死亡騎士，好像沒有想像中那麼強大？

還是我最近不知不覺中變強……呃，算了吧，還是不要自欺欺人了，幾天前和審判對打的時候，我還被他用三招就幹掉，要說自己有變強，這種話連大腦腐爛的死亡騎士都不會信啊！

還是說，眼前的這個不是死亡騎士，只是一個「死亡的騎士」，然後正巧被死靈法師抓來變成不死生物？

我上下打量這隻死亡騎士，唔！他全身上下破破爛爛的，劍術還這麼爛，不是我要說，能夠讓我在對打途中有空分心胡思亂想，而且居然還佔上風，這種劍術眞的可以用爛——咳！稍微不是那麼強來形容。

開什麼玩笑，說他爛不就是說我也很爛嗎！我承認自己的劍術不是那麼好，但絕對不承認很爛！

所以，劍術不太好的不死生物應該不是死亡騎士，是「死亡的騎士」沒有錯。

算了！不管他到底是「死亡」還是「死亡的」騎士，我只知道再不讓這傢伙死得徹底、永遠不會再拿劍亂揮，我一定會因爲要重新花錢買一把劍，導致過度心痛而不優雅地死亡。

雖然說，我的劍術沒有那麼好，不過聖騎士要學的各種神術我可就學得很好，光明神術對上不死生物完全是碾壓局面，一擊就能送他安息，剛才之所以和這隻不死生物纏鬥這麼久，完全是因爲……

我的老師常常說：「孩子，即使你遇到弱小的不死生物，也要切記和對方纏鬥一番，最後再用神術給它一個永恆的安息。」

「那爲什麼不一開始就用呢？」幼小的我十分不解。

「孩子，你要想想，民眾在遇上怪物的時候，大概要花十分鐘來死上幾個人凸顯怪物的強大，然後花上十分鐘尖叫，再花上十分鐘來四處逃竄，最後終於等到騎士來救援，所以，要是你只花三秒鐘就送它安息，然後轉身離開，這樣怎麼對得起用了三十分鐘來等待的圍觀民眾呢？」

「……那老師，我到底要花多久時間來打敗怪物，才對得起民眾呢？」

「孩子。」我的老師意味深長地看著遠方說：「打鬥就像是一首詩，你就是吟遊詩人，一場戰鬥不僅要有起承轉合，時不時還要製造緊張感來娛樂眾人，最好能夠讓壞人把你打得優雅地躺下，如果對方是有水準的壞人，他這時就會耀武揚威地用話羞辱你，然後你就要爆發你的小宇宙！」

「……小宇宙？」

「呃，就是爆發你的潛力和聖光，優雅地將對方打躺下，最後再送他一個安息。這，才是一場完美無瑕的戰鬥。」

……聽起來只像是一場很累的戰鬥。

從那時候開始，我就無比厭惡出戰鬥型的任務，勞累的程度幾乎可以媲美優雅地摔下三百多階的樓梯，所以除非是特約的死靈法師送來給我預防憂鬱症的不死生物，不然我會一律丟給審判騎士去做，他通常會用一招俐落地解決掉敵人。

所以審判騎士的戰鬥通常沒什麼民眾要圍觀，因為實在太無聊了。

「太陽，小心！」眾人突然大吼。

「咦？」

我被這聲大叫驚得愣了一愣，背上突然感覺到一股火辣辣的痛，還沒來得及看看到底是哪個混蛋偷襲我，綠葉已經衝過來，一招神術就送那隻「死亡的騎士」安息去了，然後他緊張兮兮地查看我的背，隱約還聽到他倒吸一口氣的聲音。

該不會傷得很嚴重吧？我也緊張地轉頭一看，扭得脖子都要斷了，還是看不到自己的背。

不過倒是看到大地在我背後架起他的大絕招——大地守護盾，雖然我還是很討厭這傢伙，不過不得不承認，他的守護盾後方是我最喜歡待的地方，尤其當敵人很強的時候。

寒冰騎士則舉著他那把活像冰錐的寒冰神劍，皺著眉頭和一個人對峙。根據寒冰騎士的臉上居然會出現表情來判斷，這名敵人必定非常強大，才夠讓他皺了眉頭。

「太陽，你都不痛嗎？」綠葉緊張兮兮地問。

我搖了搖頭，這點痛算什麼！我可是在老師的幾個月摔倒特訓下存活，哪怕就是摔下三百多階樓梯照樣保持燦爛笑容的太陽騎士啊！

「眞的不痛？」綠葉的聲音十分慌張。

我忍～住想翻白眼的衝動。死綠葉！幹嘛逼我開口說話：「光明神溫柔灑落的陽光，能讓這一點點傷痛瞬間消逝無蹤。」

綠葉喃喃自語：「太陽眞是厲害啊，這樣還叫作一點點傷痛……」

不管綠葉了，我現在對那名突然出現的傢伙很感興趣，那傢伙的樣子看起來很奇怪，乍看之下似乎是個好好的人，不過仔細一看才發現這傢伙絕對不是人！

沒有哪種人是會「褪色」的吧？

這傢伙的頭髮是種褪色的褐色，皮膚是褪色的膚色，連身上穿的騎士輕鎧甲看起來都是種褪色的銀色，總之整個人就是灰白色的，活像幾百年沒動過，所以上頭積了很多灰塵。

雖然這樣說起來，這人也有可能只是個幾年沒洗澡、所以堆積太多灰塵的懶人，不過，我還是能肯定這傢伙不是人！

因爲他的眼睛沒有眼珠，只有兩簇燃燒的灰白色火焰！

靠！這年頭偷工減料到連火焰都會褪色。

唯一沒有褪色的東西是那傢伙手上的那把劍，簡潔到幾乎沒有裝飾，但劍鋒卻閃著冰冷的利光，看起來就不是把好惹的劍。

幸好，寒冰騎士手中的那把寒冰神劍也不是蓋的，雖然看起來像一根磨尖的冰棒，不過鋒利程度可不是冰棒能比的！

而且寒冰騎士的劍術也是出了名地好，我想他就算眞的去拿一根冰棒，實力搞不好都還比我高得多……

咳！

寒冰是屬於後發制人型的打鬥法，意思就是說，他可以握著劍，然後站著不動整整一天，一直到對方受不了，拿武器先砍過來，然後寒冰就會一擊刺中敵人要害，直接把對方幹掉。

所以，寒冰的戰鬥也是沒什麼可看性，屬於沒人要圍觀的那種。

這次也不例外，幸好那個褪色的傢伙沒有對峙上一天的耐性，才不過幾分鐘，他就提劍朝寒冰衝過去，速度快得驚人，上秒鐘才身影一動，下秒就衝到寒冰面前，快得簡直不像是移動，根本就是直接原地消失，又突然在寒冰面前冒出來！

有這麼快的速度，怪不得他剛才居然能在十二聖騎士的專職保護盾，大地騎士，面前一劍砍中我，害我差點以爲是大地公報私仇，故意不幫忙擋。

幸好，寒冰騎士的專注力可不是蓋的，即使褪色傢伙的速度這麼快，但他還是及時用冰棒——用寒冰神劍擋了下來。

只是這次就連他也沒法像以往快速解決敵人，反倒和對方打個你來我往，雙方的速度快得場上甚至出現殘影，劍與劍互撞的「鏗鏘」聲不斷，在我仔細觀察下，發現寒冰居然還隱約落在下風……應該是吧？實在太快了看不清楚。

在我興致高昂地圍觀……咳！是緊張兮兮地看著自己同伴和敵人對打，心中突然領悟，這種高強的實力、褪色的外表和沖天的死亡之氣，莫非正是死亡騎士!?

喔喔！看來這是遇上正主兒了。

「太陽，你要不要先療傷？」綠葉還在我背後憂心忡忡地問。

「太陽沒事。」我看得正起勁呢！難得可以看到寒冰和敵人對上這麼多招，療傷的事待會再說。

熱鬧看得高興歸高興，見到寒冰似乎打得有點吃力，好歹他是在幫我擋下敵人，我還是來助他一臂之力好了，要不然等等寒冰要是打輸了，剩下的大地騎士是保護系的騎士，綠葉是遠攻型騎士，那難不成要我上場打啊？

那八成一招之內，我就血濺當場，三招之後，我就頭顱著地了。

「寒冰，我來助你！」我高聲地喊，並不擔心會讓寒冰分心，寒冰本來就是十二聖騎中專注力最強的幾人。

我身爲最痛恨不死生物的太陽騎士，從小學習的技能有一大半都是專門針對不死生物，譬如說其中的一招，「神聖祝福」，我可以祝福任何一樣東西，讓它短時間內附加神聖力量，對不死生物的傷害力以倍數增加。

本來我想把神聖祝福施加在寒冰的冰棒上，不過卻發現一個大問題，那根冰棒實在動得太快了，很難鎖定啊！

算了，費點力氣，把寒冰整個人都施加上神聖力量好了！

「至高的光明神以璀璨的陽光照亮世間，去除陰影與邪惡……（以下省略）」

我唸出一長串頌讚光明神的話，在寒冰騎士被死亡騎士砍出好幾道傷口後，才終於唸出最重要的那一句。

「神聖祝福！」

頓時，寒冰身上籠罩一層金色光暈，整個人活像一根火把似地，這光不但對不死生物有攻擊力加倍的效果，就算對手不是不死生物，也有讓敵人看不清楚攻擊的絕佳功能！

「太陽，還有我。」

大概是看到寒冰受傷，好人綠葉終於被激怒了，他神色肅然地站在我身旁，手上還舉著——哈！你一定以爲是綠葉神劍，錯！

是綠葉神弓！

因爲懶得再唸一次讚揚光明神的話，我順手握住架在弓上的箭矢，箭頭刺破手心，鬆手之後，箭頭上滿滿都是血。

身爲光明神的代言人，我的血長期被神聖力量祝福，對不死生物來說就是劇毒。

綠葉露出感動的神色：「太陽，我一定不會辜負你所貢獻的血。」

另一頭，寒冰被我加上祝福後，死亡騎士顯然很是忌憚這聖光，打起來礙手礙腳的，原本落在下風的寒冰騎士趁機和他打了個不分軒輊。

但別忘記我方還有一個綠葉在虎視眈眈，他舉著弓箭，眼神犀利得好像可以用眼睛在敵人身上鑽孔。

忘了告訴大家，綠葉騎士只要舉起弓箭，馬上就從「好人」變成「好恐怖的人」，他可以在十秒鐘內射出五支箭矢，還箭箭命中紅心。

這還不算什麼，他還可以一邊跑一邊跳一邊唱歌一邊轉頭看美女，然後一邊把敵人射成一隻刺蝟。

總之，我寧願提劍去砍死亡騎士，也不會想和手上有一把弓的綠葉打，前者我打不過還可以轉身就跑，後者嘛，難道人還跑得過箭嗎？

這時，「倏」的一聲，一支箭從我旁邊射出去，時機抓得剛剛好，死亡騎士正在抵擋寒冰的攻勢，這支勢如破竹的箭讓他避無可避，硬是用胸膛吃下來，本來一支箭矢對早就死透的死亡騎士來說，幾乎沒有什麼殺傷力，但加上太陽騎士的血，那就完全不一樣了。

死亡騎士胸前傳來一陣魚在平底鍋上煎的滋滋聲，胸膛瞬間凹陷一大塊，只是流血，只有灰黑色的黏稠物在緩緩蠕動。

寒冰趁勢砍中他的左手肘關節，死亡騎士發出非人的低吼聲，這擊差一點直接將他的手臂砍下來，只剩點肌肉連著，在半空中晃啊晃的。

見情勢不對，死亡騎士瞬間後退，移動速度實在太快了，寒冰根本追不上，不過，我方還有一個綠葉呢！

就算是死亡騎士也是跑不過箭的！

綠葉「倏倏倏」連三聲共射出三支箭，這一次，死亡騎士的反應倒是挺快，竟然被他閃過其中兩支，而唯一射中的那支又沒有我的血加持，效果實在很差，死亡騎士甚至都懶得拔出來。

見狀，我揚起一抹微笑，在綠葉射箭之前，用手直接握住箭頭，又想到這樣也不保險，搞不好會沒射中，所以，我索性把流著血的手舉到綠葉揹的箭筒上抖抖抖，一次全都搞定。

綠葉果然爭氣，不停連射之下，雖然被閃掉不少，不過還是命中好幾支，每一支都讓死亡騎士痛得不住吼叫。

「糟糕！他要逃跑了。」

綠葉驚呼，同時手上射箭速度更快，快到我只看見一片扇形的手影，然後就是一連串箭矢射出去的輕微爆裂聲，綠葉眞不愧是十二聖騎的專用弓箭手，這等攻擊力能一人全殲敵人。

死亡騎士這時別說反擊了，根本就只能努力地閃躲，然後越跑越遠……

「太陽騎士，我一定會回來找你！」

褪色的死亡騎士變成天邊的小點之前，就像每個準備逃跑的壞人，總要不甘心地丟下一句威脅主角的話——等等，他威脅的是太陽騎士……是我!?

等、等一下，你找我幹什麼？打你的人又不是我！

俗話說，冤有頭債有主，我只是幫寒冰加點金光閃閃的聖光，順便幫綠葉的箭沾點毒血而已啊！打你的人還是他們兩個，又不是我！

我簡直是欲哭無淚，這次戰鬥不但被砍了一刀，還惹上一隻正港的死亡騎士，我這是招誰惹誰啊我！

眼見追不上，寒冰騎士緩緩收起劍走回來，大地騎士也收起保護盾，他們靠過來，兩人的臉色都十分嚴峻，讓死亡騎士在眼前跑掉實在是聖騎士之恥，但不知道爲什麼，他們一靠近，目光聚集在我身上，卻又齊齊愣住了。

「太陽你、你沒事吧？」大地露出活像見到鬼的表情問。

我用力地搖搖頭。幹嘛大家都一副好像我有事的樣子？

寒冰倒是沒有開口說話，只是他的眼神下滑到地上，表情比剛才更呆，甚至都顧不上寒冰騎士的冷酷形象，這讓我不免好奇跟著往下看。

哇塞！地上什麼時候流了滿地的血，一片紅通通的看起來還挺壯觀的呢。

等等！我的白色騎士褲子怎麼變成紅色了？

「太陽，你眞的沒事嗎？」綠葉的聲音急得有點像是要哭出來了。

這滿地的血……是我的？

「綠葉……」我出聲，然後發現自己的聲音竟然已經微弱到像蚊子叫一樣。

「嗯？」綠葉連忙靠過來，大概是我的聲音太小聲，所以他沒聽清楚。

「扶我一把。」

「太陽！」

然後，

我非常優雅地，

昏倒了。

太陽騎士守則第四條

「自我恢復能力要好再更好！」

由於血濺整條街，所以我的三天假期順利地變成一個禮拜，聽說綠葉本來還想幫我爭取一個月，只是教皇大人似乎有任務想交給我，所以爭取失敗了，唉！綠葉你眞是個好人啊！

我一手把發酸的牛奶倒進裝滿麵糊的盆子中，另一手拿著太陽神劍的劍鞘攪拌那團麵糊，不是我要說，但是太陽神劍的劍鞘眞是妙用無窮，由於它的表面覆著滿滿的黃金，不管是拿來攪拌面膜還是攪拌我的蘋果酒，都擔保不會有生鏽的問題。

攪拌完以後，劍鞘不但不會髒，用布擦一擦還會更加閃亮呢！

嗯，面膜看起來差不多了，應該可以塗了，昨天在陽光下戰鬥那麼久，後來又傷重到昏倒，結果晚上沒能即時敷面膜，我今天早上起床看到鏡子時，差點沒昏厥過去，我的膚色從發酸的牛奶色變成蜂蜜色了啦！

天啊！我看這不敷個一星期是白不回來了。

「太、太陽，你在幹什麼？」

綠葉騎士突然推開我房間的門，目瞪口呆地看著我。

調完面膜，正要敷……我手上拿著一坨面膜，愣愣地在心中回覆。

靠！我忘記鎖門了，偏偏綠葉這傢伙還難得地忘記敲門！

還好、還好！我才正要塗上面膜，還沒眞的塗了，否則讓綠葉看到我一副融化的不死生物樣，他搞不好會把我抓去給我的好友審判騎士，審一下太陽騎士是不是被邪魔附身了。

「你昨天流那麼多血，還不快點躺下休息，爬起來做什麼！」

綠葉急忙衝過來，一把將我壓回床上，還順手蓋好棉被。

我翻了翻白眼。喂喂！我的右手上還有一坨面膜耶！

「太陽，你拿著麵糊要做什麼？」綠葉給我蓋好棉被後，十分不解地看著我伸在棉被外的右手，上頭有著一坨黏糊糊的面膜。

綠葉看著面膜思考，雖然看起來比較像在發呆，轉頭笑著對我說：「我明白了，你肚子餓了對不對？」

……這個結論是怎麼得出來的？難道這坨生麵團看起來像能吃的東西嗎？

「吃這種東西會生病的。」

綠葉用責怪的語氣說完，就把我右手上的麵團抓起來，然後扔回調面膜的盆子裡，最後把整個盆子抱起來，然後一邊往門口走，一邊回頭笑說：「我去廚房幫你拿點東西吃。」

喂、喂！你要幫我拿東西吃我是沒意見，不過你要把我的面膜拿去哪裡啊？

那一臉盆面膜可是花掉我五天的薪水，我是打算拿來敷整整一個星期的！

綠葉才走到門口，一拉開門，就被外頭站的人嚇了一下，手上盆子鬆手往下掉。

五天薪水的面膜啊！我從床上跳了起來，卻已經來不及拯救我的薪水……

叩！

站在門外頭的人不慌不忙地伸手抓住我的薪水，整個人彷彿一片黑壓壓的烏雲般，不但頭髮黑眼珠黑衣服黑，連他周圍的氣壓看起來也黑沉沉的，此人便是人見人怕、鬼看到都會搶先落跑的——審判騎士長。

綠葉騎士警戒地問：「審判騎士長，請問您有什麼事情嗎？」

忘了說，雖然審判騎士是我「不是朋友」的好友，不過這只有我和他心知肚明而已，表面上，我們兩個還是水火不容的關係。

而溫暖好人派和殘酷冰塊組中，好像也只有我和他的關係特別好，其他人是真的相看兩相厭，聖殿從小的敵對教育還是十分成功的。

審判的那一張酷臉面無表情，整個人不怒而威，他獨特的重低音嗓音也不知道嚇得多少罪犯直接坦承犯罪，他沉沉地說：「我來說明教皇指派的任務。」

綠葉這個好人怎麼可能贏得過審判騎士長的氣勢，如果審判是來嘲笑我的，綠葉可能還會鼓起勇氣阻擋，但因公而來，他就沒有理由了，當下苦哈哈地轉頭看著我。

「太陽，這……」

剛才突然跳起來，害我有點頭昏目眩，我緩緩地優雅地坐回床上，說道：「綠葉騎士，既然是教皇陛下所指派的任務，太陽理當傾耳凝聽。」

綠葉十分擔憂地說：「但是你受重傷，應該要好好休息。」

「請綠葉騎士不要憂慮，太陽自有光明神的守護。」

你他奶奶的再逼我開口說話，我就昏倒給你看！

「那好吧。」綠葉很是無奈地走出我的房間，還不忘順手關門，眞是個好人。

審判更是去把房門鎖上，以免又來個忘記敲門的傢伙看見我倆在友好交流，那就慘了。

「教皇十分重視這次的事件，他要你在一週內查明死亡騎士的來歷，記住要私下探訪。」

審判一坐下來，放下手中的面膜盆子，二話不說就直奔重點。

我就知道，那個剝削成性的死老頭不可能那麼好心給我放一個星期的假，果然不是假期，而是出差。

「太陽不明白，是什麼樣的任務不能攤在光明神的照耀之下？」我十分地無奈，這種要偷偷去查的任務通常是燙手山芋。

審判反常地沉默不語，這讓我眞感覺有點不對了，立刻進一步追問。

「即使是死亡騎士，應當也不會得到教皇陛下如此多的關注，又爲何要特別指派太陽前去調查？」

雖然死老頭很會剝削騎士，我的自我恢復能力又不是普通地好，不過這次總也流了滿街的血，不給他好好休養個三天，我想自己不可能恢復到原本的狀態，如果事情眞那麼急，幹嘛不找其他聖騎士長去調查，非得要我去？

「教皇不希望看到調查結果，你調查到真相後，只要告訴我就好。」

審判騎士說話時，眼中帶著嚴厲，不過那抹嚴厲應該不是針對我，而是對那個罪人。

要太陽騎士偷偷去調查，然後讓審判騎士偷偷把罪人解決掉嗎？看來這件事情不是普通地大條。

這樣說，大家可能還是不太明白我和審判到底在說什麼悄悄話，我還是仔細說明一遍好了。

首先要從死亡騎士的誕生開始說起，要誕生一名死亡騎士，不是我要說，真的非常困難，首先要準備兩樣「必需品」來催生出死亡騎士寶寶，還有一樣「食物」來讓寶寶越長越強大。

第一樣必需品是，高階死靈法師一位。

雖然死靈法師不算太難找，不過也不是很好找，畢竟死靈法師本身就不是什麼熱門的職業，加上這職業還普遍受到嚴重的職業歧視，所以死靈法師們只能住在千山鳥飛絕萬徑人蹤滅的高山和墳場之類的地方。

第二樣必需品是，怨氣沖天，而且有心願未了的新鮮屍體一具。

這具屍體難找的程度比死靈法師還高些。

或許你會說，找一具有怨氣的屍體有什麼好難的？

不過我要告訴你，可不是什麼小冤小仇，或者臨死前沒吃飽這種小怨念，就可以造就出一隻死亡騎士的，那得是天大的冤仇，以及讓死人復活的執念才行！

而那唯一能讓死亡騎士寶寶變強大的食物就是——「辦不到的執念」！

越辦不到，他就越怨恨，怨恨就像是種食物，能讓死亡騎士寶寶長得頭好壯壯，等他的怨恨和執念衝上雲霄的時候，他就會進化成「死亡領主」，到那時候，事情就很大條了。

一隻死亡騎士再怎麼強大，他還是「一隻」，但是一隻死亡領主卻具備高階死靈法師的能力，不但可以召喚不死軍隊出來，還可以在不死軍隊身上施加各式各樣的輔助魔法。

要知道，不死軍隊可不是好應付的，不到粉身碎骨絕不躺平，攻擊的重點只能是直接越過軍隊把死靈法師幹掉，否則真是沒完沒了，但當那名死靈法師本身是很難死的死亡領主，難度簡直三級跳！

任何一個國家碰上死亡領主，要嘛來光明神殿求助，帶上祭司和聖騎士會比較好打，要嘛只能用十倍百倍的人命去填。

總而言之，絕對不能讓死亡領主誕生，不然就會是場可怕的災難。

說完死亡騎士的誕生，再來說說如何消滅一隻死亡騎士，最簡單明瞭的辦法，用武力打趴他，然後用火把他燒成骨灰，一了百了。

第二，查出這名死亡騎士到底是有什麼冤屈和執念，幫他報仇，完成執念，他就會自己升天了。

雖然第二種聽起來比較符合正義與道德之類的東西，但大家還是傾向直接打趴他會簡單得多。

「爲什麼教皇陛下如此關懷這隻死亡騎士？」

我眞的非常好奇，那個死老頭雖然不是沒有良心，不過他身在教皇這種高位這麼久了，相信他的良心也剩下不太多，這次居然特地要查一隻死亡騎士的冤屈，簡直是連光明神都會大呼不可思議吧！

審判用有點怪異的眼神看了我一眼，緩緩地說：「聽說那隻死亡騎士唯一開口說的一句話，是他會回來找你？」

我點頭，沒錯啊！他說他會回來找我——靠，我頓悟了！

通常死亡騎士唯一會糾纏的人，就是和他的怨恨或者執念有關的人。

「我被懷疑了？」我愕然，連修飾語句和讚美光明神都忘了。

審判騎士神色肅然地點點頭。

我滿頭冷汗地辯解：「我沒有殺他，我甚至不認識他！」

審判點頭後，只丟下一句話。

「那就查出眞相，洗刷你自己的冤屈，動作要快點，大家已經開始起疑心了。」

我覺得自己要是現在死了，有九成九的機率可以成爲死亡騎士。

我的怨念深似海啊！

先是無緣無故被死亡騎士砍了一刀，血濺滿街，還以爲得到一週的假期，結果發現原來這一週是給我去查案的，而此案最大的凶嫌居然就是我自己！

呵呵，本來還想可以悠哉地在床上敷面膜，躺滿三天再起床度假，現在知道自己被當作凶嫌以後，我哪還敢躺在床上休息。

審判前腳才剛走，我就搖搖晃晃地站起來，時間只有一週而已，一週內要查明眞相本來就是件很難的事情，更何況還是查死亡騎士的案子，誰知道那隻死亡騎士到底死多久啦！

所以，雖然我覺得自己隨時都會躺下，還是努力爬起來查案了，我要是因此死掉的話，一定要變成死亡騎士，然後去找那隻死亡騎士報仇！

披上斗篷，還拿上太陽神劍，誰知道那隻死亡騎士會不會在途中冒出來，還是帶著太陽神劍保險一點。

本來想去牽匹馬來騎，不過轉念一想，我現在體內血液量嚴重不足，本來就頭暈目眩了，要是再爬上馬顛晃一下，搞不好會直接從馬背上摔下來，到時太陽騎士趴在大街上的場面就很難看了。

只好走路了，希望我不會倒在半路。

爲了避免麻煩，我拉低斗篷的帽簷，不想被民眾認出來，現下實在沒有力氣頌讚光明神，然後緩慢地走路，不時有人從旁邊繞過我，然後送來一個「你是在龜爬啊」的白眼。

目前嚴重低血壓的我懶得理會任何人，繼續烏龜式走路法，越走越荒涼，周圍的景物從一大堆富麗而忙碌的商店街，變成破舊的民居，街道上的行人逐漸減少，最後只剩下三三兩兩神情惶然彷彿不知道該去哪裡的行人。

「唷喔～～好漂亮的斗篷啊！大少爺，你是不是找不到奶媽在哪裡啦？」

路旁倒臥的幾名醉漢嘻嘻哈哈地嘲笑。

我沒理會他們，繼續走過這些醉漢身旁，腳步保持著一樣的緩慢，最後走到連這條破爛街上的居民都不會來的僻靜角落，停在一間看起來不會有活人住在裡頭的破房子前，緩緩抬起頭來看著這幢屋子。

砰！

我一腳踹爛大門，衝進屋子裡頭，怒吼：「死屍！你給我出來！我被你害慘啦！」

屋子裡頭只有幾張東倒西歪的爛桌爛椅，到處結滿厚厚的蜘蛛網，要是在屋裡走一圈，整個人會直接被蜘蛛網纏成一個巨大蠶繭。

所以這裡面別說一個人都沒有，就是一隻野狗都不會住在這種地方。

但我知道這是表象，只是死靈法師用來迴避有嚴重職業歧視的民眾，設下的僞裝。

「死屍！你不出來是嗎？」

我緩緩從斗篷下伸出一隻手，然後那隻白皙優雅的——靠！是蜂蜜色的手。

嗚嗚嗚，我變成蜂蜜色的太陽騎士了！

但現在膚色不是重點，先把死屍找出來再說。

我甚至沒有唸咒語，手就開始散發神聖力量的光芒，聖光從微弱轉爲強盛，最後白色的柔和之光充斥整幢破屋。

不是我要說嘴，但能夠不唸咒語就聚集這麼大量的聖光，就算是祭司中的最高階、僅次於教皇的紅衣主教，也只有寥寥幾個人能辦到。

我的老師在教我神術的時候，常驚奇地說：「孩子，你眞是個天生的祭司料。」

「眞的嗎？」幼小的我十分高興，因爲我那時正在爲悲慘的劍術成績和被老師打開花的屁股哀悼。

「嗯，如果你當初入的是光明殿，那你未來肯定是光明殿有史以來數一數二強的教皇！」

我閃著晶亮的雙眼，幻想著最強教皇的榮耀與光輝……

「不過既然你選擇加入聖殿，未來只好當一名很弱的太陽騎士了。」

「……」

果然女怕嫁錯郎，男怕入錯行，一時選錯職業，竟然從最強變成最弱，我眞是悔不當初，小孩子就是傻，總覺得拿著劍穿著盔甲的騎士很帥。

現今才知道，祭司才是眞正的好職業啊！

不用拿著劍，所以不用花錢去整修劍，雖然說祭司也需要花錢買根法杖，不過憑我聚集聖光的能力，我就是拿根樹枝充數都行啊！

再來，祭司也不用穿盔甲，所以不用花錢買盔甲，更不用在盔甲被敵人砍得稀巴爛的時候，又要花錢去整修盔甲。

雖然說，祭司也要買祭司法袍，不過再說一次，就憑我聚集聖光的能力，就是穿一塊白窗簾在身上都行啊！

上天給我這麼好的祭司潛質，我居然跑去當聖騎士，而且還是沒得後悔、不能轉職，只能當到退休或是死掉的太陽騎士，連我自己都想罵自己當初到底是哪根筋不對勁！

悔恨啊悔恨……

「太陽、太陽！」一聲聲尖叫打斷我的悔恨。

我猛地轉過頭，一個若隱若現的小黑影正在四處逃竄，還拚命尖叫我的名字，見狀，我立刻收回所有的聖光。

「嗚嗚嗚！好痛喔！」小黑影蹲在角落，一聲接一聲地啜泣。

整幢屋子已經大變樣，聖光掃去死靈法師布下的幻象魔法，蜘蛛網滿布的情況消失無蹤，取而代之的是一間乾淨的小屋子，只是這屋子……

粉紅色、粉紅色，到處都是粉紅色！

神經病！這裡根本就不用布幻象魔法來掩蓋有死靈法師住在這裡的事實，誰會相信這間牆壁是粉紅色，桌椅是粉紅色，床鋪是粉紅色，連滿屋子的玩偶也全都是粉紅色的房子，居然是一個死靈法師的住處！

剛剛那個蜘蛛網滿布的破屋子還比較像有死靈法師住的樣子咧！

「太陽……」小黑影怯生生地拉拉我的斗篷。

我低頭一看，沒錯！就是低頭，因爲這傢伙只有到我的腰部高而已，我露出嚴厲凶狠的眼神，死瞪著這名死靈法師。

小黑影被我瞪得蹲下身，小小聲地啜泣。

「哭什麼哭啊，妳可是個死靈法師耶！」我難以置信地瞪著小黑影，低吼：「而且要哭的人應該是我吧？我不但被砍一刀，流了滿街的血，還被大家懷疑我幹出什麼天理不容的事情，所以才會有死亡騎士纏上我。」

「搞不好你眞的幹了呀。」小黑影小小聲地說。

「妳、說、什、麼？」

我咬牙切齒地瞪著小黑影，緩緩將之舉起來……然後抱著她倒進一旁的粉紅色躺椅上，喬好姿勢，整個人放鬆下來，舒服到長吁一口氣，險些都想直接睡著了，但是不行！還有正事要辦。

我低頭看懷中那隻粉雕細琢的漂亮小女孩，水靈大眼睛加上捲曲的金頭髮，幾乎像個洋娃娃一樣可愛，可惜女孩的皮膚居然也是粉紅色，一看就有大問題，讓人頓時毛骨悚然，一陣雞皮疙瘩悄悄地爬上背脊。

我的眉頭皺成一個川字：「死屍，妳到底是怎麼搞的，居然弄出一隻死亡騎士來？」

「討厭！不要叫人家死屍啦，人家叫作『粉紅』！」

粉紅色小女孩拿出棒棒糖來舔，還嘟著嘴抱怨，被我一瞪後，她才委屈巴巴地解釋：「人家只是跟以前一樣，去刑場買屍體回來而已啊，而且太陽你上次說想要好一點的不死生物，不要缺手缺腳的，讓其他聖騎士想幫你保留都有困難，所以人家特地花高價，買了一具特別好的屍體耶！我也不知道那具屍體的怨氣和執念這麼強，居然會變成死亡騎士嘛。」

粉紅偏著頭看我，神情可愛地說：「而且他的執念還剛剛好就是太陽你耶！」

「我根本不認識那個傢伙啊！」我簡直要抓狂了，明明就是不認識的人，爲什麼他的執念會是我？

粉紅也不知道相不相信我，只是低著頭舔她的棒棒糖。

我只能努力平心順氣，自言自語地推導：「既然是刑場買的屍體，那就是罪犯，應該有身分記錄，回去就找審判問問——」

「應該不是罪犯喔。」

粉紅抬起頭來，雖然小臉蛋還是一樣可愛，不過眼神卻透著一股成熟感，誰知道這個喜歡裝可愛的死靈法師到底是多少歲的老妖怪。

「不是？」我疑惑地問：「不都是罪犯才會送到刑場嗎？」

粉紅十分鄙視地笑了我一下：「表面上是啦！不過人家告訴你喔，人家可是有買很多年屍體的經驗喔，很多不好處理又怕被人發現的屍體，只要付很少的錢，就可以堆到刑場的罪犯屍體堆去，沒有人會追究啦。」

「什麼？這是眞的？但妳怎麼確定死亡騎士不是罪犯。」

沒想到還有這種事，我皺了皺眉頭，回去得把這事告訴審判騎士，讓他去調查。

「很好分辨啦！」粉紅十分幸災樂禍地說：「送去刑場的罪犯都是吊死的，可是我從那裡買過好多的屍體，雖然屍體脖子上都有勒痕，不過人家可是對屍體很熟悉的喔，一看就知道那是死了以後才用繩子隨便勒一下痕跡而已，頸骨根本沒有斷，所以絕對不是吊死的。」

「那名死亡騎士是怎麼死的？」

刑場舞弊案先丟一邊，回去告訴審判就是了，現在先洗刷自己的冤屈比較重要點。

粉紅神情可愛地歪著頭思考了一下，選擇一個最正確的答案：「被凌虐至死的，他身上太多傷痕了，應該是被折磨很久，最後當然就死了呀。」

被凌虐到死啊……我的頭皮開始發麻了。

「不過太陽呀！」粉紅突然用憧憬的神色看著我：「我都不知道原來你有這種嗜好耶，下次我們可以互相交流一下凌虐的手法，我一直都很想凌虐出一隻死亡騎士耶！」

聞言，我抓狂地抓住粉紅的肩膀一陣猛搖：「交流個鬼！我說過，我不認識他啦！」

粉紅被一陣前後亂搖，那兩顆水靈的眼珠子瘋狂上下晃動，有種快掉出來的趨勢，我趕緊雙手「啪」的一聲把她的眼珠拍回眼窩，我可不想看到眼珠子掉出來的景象。

「知道啦，人家也不認識那些被人家凌虐的東西呢！」粉紅帶著俏皮的笑容看著我，一副只有你知我知的心知肚明樣。

我暗罵，這死傢伙——不對！她本來就真的是個「死」傢伙，這個惡質的死靈法師居然就是不相信我沒有凌虐那隻死亡騎士。

算了算了，跟一個死靈法師爭辯是最沒有意義的事，他們的腦子都不知道爛了沒有。

我直問重點：「你在哪座刑場買的屍體？」

「城外西北方的那座。」

「那是最遠的刑場……」看來我的苦難還持續在擴大中。

我推開膝蓋上的粉紅色小女孩，認命地從躺椅站起，雖然接下來比較想幹的事情是倒向旁邊的粉紅色床鋪，抱著床鋪上的粉紅色蛋糕抱枕，然後用力睡上個三天三夜，不過，現實總是事與願違。

接下來要做的事情是奔波到滿是屍臭的刑場，盤問貪污的刑場屍體處理人，死亡騎士的屍體到底是哪裡來的。

光想就覺得又累又臭，卻不得不去做。

我拖著虛浮的腳步走向門口，緩慢地推開門，離開舒適的粉紅色小窩——

「太陽。」

聽到叫喚聲，我轉頭一看，粉紅正倚在門邊，舔著她那根粉紅色棒棒糖，漂亮的大眼睛對著我眨了眨。

「你知道，人家以前說過的話還是算數的喔，如果你想，我隨時都可以收你當徒弟，連聖殿和你那個號稱最強太陽騎士的師父也不能讓我交出我的徒弟喔。」

我愣了愣，這話的意思是眞出問題了，她可以罩我嗎？

雖然粉紅是個怪異值破錶的死靈法師，不過說實話，還眞夠義氣的。

我嘴角上揚，點頭表示知道了，同時對她一個揮手道別，小女孩死靈法師開心地猛搖她的棒棒糖跟我道別。

太陽騎士守則第五條

「存退休金以防晚年淒涼。」

城外西北方的刑場眞不是普通地遠，爲了避免走到的時候，我會直接躺下加入屍體的行列，所以不得不忍痛花錢叫一輛馬車。

雖然聖殿有公用馬車，太陽騎士絕對有權叫一輛出來用，但缺點就是必須在趕車人面前保持著太陽騎士燦爛的笑容和完美的風範。

在連笑都快笑不出來的虛弱情況之下，我還是忍著悲痛拿出努力在存的退休金去租馬車。

在馬車出租處挑一輛看起來應該可以撐到刑場還不散架的馬車，挑上一個哪怕就是載到食人魔都不在乎的老馬車夫。

然後，我跳上那輛破舊小馬車，雖然車上的味道就像是一籃子臭掉的雞蛋，不過我實在累極了，窩在角落邊，喬了個舒服的姿勢，意識就漸漸模糊了，只有馬車搖啊搖晃啊晃，就像是嬰兒的搖籃一樣舒服……

砰！

我面無表情地清醒了，額頭正中央還帶著一個大腫包。

馬車突來的緊急煞車，害我一頭撞上前方的車廂木板，連木板都被我的頭撞破一個大洞。

我忍不住思考，或許自己也可以付一筆錢賄賂刑場的屍體處理人，然後讓這個馬車夫加入刑場「非死於吊死」的屍體之一？

「對不起，因爲前方突然有幾名騎士跑出來，我不得不緊急停車。」馬車夫對著車廂喊，雖然他的平板聲音聽起來一點歉意都沒有。

騎士？我有點吃痛地摸摸額頭。

聖騎士和騎士其實是差不多的東西，一樣拿把武器、一樣騎匹馬、一樣穿副盔甲、一樣在戰鬥時要當肉盾，一樣都是隊伍裡頭死第一個的……咳！是一樣要用自己的身體擋下對其他隊員的攻擊，偉大地犧牲自己護衛他人，鞠躬盡瘁死而後已！

只不過前者是服侍神的，後者卻是效忠人的，聖騎士因爲服侍神祇，所以有各式各樣的神助，譬如我們聖騎士在「自我治癒」方面就得神獨厚，身體恢復力超強！

像我昨天剛噴了滿街的血，今天就能到處亂跑，這絕對不是一個騎士辦得到的事情，說不定才剛噴完血就倒地死亡了。

至於效忠人的騎士當然無法得到什麼神助，不過他們主人給的薪水也比我們高上不是兩、三倍而已。

一名高階騎士只要能活到退休的那一刻，積下來的退休金絕對可以風風光光度過晚年。但一名聖騎士如果私底下不接外快，哪怕就是幹到頂端的十二聖騎士，還是得非常節省地過日子，不然就會在退休的時候發現身上沒半毛錢可以吃飯，下場不是直接去見光明神，就是一把年紀還得去跟年輕人搶任務賺錢吃飯。

譬如我那號稱史上最強太陽騎士的師父現在就是個冒險者，到處去跟年輕人搶任務，對怪物和盜匪進行黑吃黑——咳！老師是在提攜後輩和維持正義。

總之，老師在離開聖殿前，曾經語重心長地跟我說：「孩子，如果你不想退休後，還得去當祭司，以你的劍術幹騎士太危險，那就要從現在開始，好好存退休金，以免晚景淒涼。」

想到這，我就爲自己剛剛花錢租馬車的事情感到後悔，還是應該走路來的，相信以太陽騎士的自癒能力，應該不會死在半路才對。

在我後悔莫及的時候，外頭突然傳來吵雜的聲音，馬蹄聲、盔甲碰撞的聲響雜夾著斥喝聲。

「發生什麼事情了？」

我剛探出頭，正巧看見馬車夫跳下駕駛座，然後跑的比飛的還快，瞬間化爲遠方的一顆塵埃。

該死的馬車夫，以後就不要讓我遇見你，不然我一定把你抓去給審判騎士長，告你一條「惡意遺棄太陽騎士」罪！

我在心底祝福那位馬車夫早日去見光明神後，扭頭一看，也終於明白馬車夫跑那麼快的原因，馬車前方有三名人高馬大的騎士，看起來就不是什麼好惹的傢伙。

「回去！」

三名騎士原本還看著瞬間逃跑的馬車夫發愣，但爲首的那名騎士顯然見過不少大風大浪，一下子就回過神來，看到我探頭探腦地偷瞧他們三個，衝著我大吼。

我皺了皺眉，身爲十二聖騎士之首，這輩子除了我的老師、教皇，以及那隻搞不清楚狀況的肥豬國王以外，眞沒什麼人敢吼我，想不到今天太陽騎士落刑場被騎士欺，區區三名騎士居然也敢吼我，你們給我小心一點！

信不信我回去叫審判騎士來把你們打成豬頭！

這不是我遜，還要喊人來助陣，而是昨天才剛流滿街的血，今天根本就應該好好跟床相親相愛，而不是到處亂跑。

雖然我一直說自己的劍術很爛……呃，我是說自己的劍術「沒那麼好」，不過那也是以十二聖騎和我那變態老師的標準來看，要是和一般騎士比起來，我的劍術算是、算是——算是在平均水準！

但別忘了，我可是個聖騎士，犧牲薪水換來的神助可不是假的，一大堆有的沒的神術加一加以後，我的能力差不多就是個高階騎士了！

再加上聖騎士那變態到極點的自癒能力，我的眞正實力絕對在高階騎士之上！

不過老話一句，在流滿街血的日子裡，不要說對上高階騎士，就是把劍拔出來都是應該盡量避免的劇烈運動。

所以我摸了摸鼻子，拉低斗篷帽簷，從馬車的後座跳到駕車座，不太熟練地揮起馬鞭，指揮馬匹轉彎朝反方向離開。

「算你識相！」三名騎士似乎不怎麼想惹事，看我這麼聽話地轉頭離開，他們也不再理會我，騎著馬和我背道而馳。

他們騎的方向是刑場的方向，我偷偷轉頭觀察發現這點。

等到距離夠遠以後，我再次揮動馬鞭，讓馬車繼續前行，而我自己則跳下馬車，躲進道路旁邊的樹林草叢間，只要不走在大道上，那些騎士不會發現我。

對於這些騎士吃飽沒事跑來刑場的舉動，我非常有興趣，隱隱嗅到陰謀的味道，如果這陰謀和我正在查的死亡騎士有關聯的話，那就太好了，即使沒有關聯，回去再丟給審判去查就是了。

總之，先查了再說。

因為怕耽誤破人陰謀的好時機，所以我再沒有用烏龜漫步法，而是加緊腳步衝刺，在樹林飛快地前行，雖然有種可能會傷勢復發的預感，不過沒關係，我的自癒能力要是在十二聖騎士中稱第二，那就沒有人敢說他是第一。

不管再重的傷勢，只要躺上一整天，隔天我肯定能夠起床，要是可以躺足三天，就算我的傷勢重到腸子在外面散步，心臟在怠工，肺臟上氣不接下氣，我都能照樣爬起來吃早餐。

不過傷好得快也有壞處，自從這事被教皇那死老頭發現以後，我的病假總是比別人短。

腹誹教皇老頭一會後，我就看見刑場外頭的土製矮牆，刑場是一個大大的圓形場地，周圍只有土製的低矮牆壁，中間則是一個廣場，裡頭的處刑工具也頗簡陋，就是三個木台子，台子中間垂著一根纜繩，纜繩的最低處就是一個簡單的繩圈，簡單但致命。

這刑場是歷史最久遠也最破舊的一座，罪行嚴重或者稍微有點身分的罪犯都不會運到這裡來處刑了，通常都是一些最低階的盜匪，死不死沒什麼人在乎的那種罪犯才會運來這裡。

但葉芽城畢竟是忘響國的首都，況且還是我們光明神信仰的總部，所以，這條街上可能會有幾個皇家警備騎士隊在進行友好地切磋，然後走到隔壁街又會看見幾個聖騎士在比誰的神術比較強，再晃到下一條街，可能又會看見幾個祭司在傳教。

最恐怖的是：審判騎士長有著每天不固定時間到城中巡邏的習慣，十年來共計抓回各種罪犯一千零五十六名。

你說，誰敢偷竊誰敢行搶啊！

在審判長的努力之下，盜匪絕跡，所以這座刑場也差不多快荒廢了。

不過也就是這種快荒廢的樣子，才會有各種雞鳴狗盜的事情發生吧，居然有不是罪犯的屍體被丟過來充數，有屍體就表示有罪行，看來首都還是不如光明神殿所想的那麼安詳和平。

我冷笑了一聲，等回去把這事告訴審判，他那張酷臉一定會更酷，酷到可以把整座首都重新整頓一番。

刑場上空無一人，一旁的破舊小屋卻是燈火通明，隱隱從窗口透出幾個人影來，還有三匹馬被綁在旁邊，看來那三名騎士確實在這裡。

我給自己加上兩個輔助神術，分別是增加抗擊力的聖光護體和增加速度的神翼術，然後小心翼翼避開裡面的人可能會從窗口望見的角度，慢慢靠近小屋。

「那具屍體呢？」一個頗凶的聲音從小屋傳來。

「大人，這有好多……是、是在說哪……」

回答的聲音頗爲蒼老微弱，縱使我傾耳凝聽，還是漏聽不少詞。

我停下腳步，躲在小屋旁的大樹後，不再接近，屋裡畢竟是三名騎士，而我現在狀況不佳，就連身上的兩個神術也隱隱有忽強忽弱的情況，再接近的話，難保不會被他們發現。

「……藍色眼睛的。」騎士的聲音有強忍怒氣的跡象。

那蒼老虛弱的聲音欲哭無淚地回應：「大人，我可不會去翻死人的眼皮子啊！」

「金色，不，是接近褐色的頭髮，二十三歲上下，臉長得挺俊的。」

我皺了皺眉頭，這段描述隱隱給人一種不安的感覺，爲什麼呢？

藍色眼睛、褐色頭髮、二十三歲……和我同年齡啊，這麼年輕就死了，想必那個死亡騎士不甘心的也有這點吧。

「已經埋了……」

「你敢騙我！」

然後是一陣尖叫和毆打的混亂聲音，過了一會，那個蒼老虛弱的聲音更加虛弱地說：

「前兩天賣給別人了。」

「什麼人？」

「一個帶著小女孩的男人。」

我眼神閃過一道光芒，眞是光明神保佑啊！想不到眞矇中了，這三個騎士還眞的和死亡騎士有關。

什麼帶著小女孩的男人，分別就是小屍體帶著大屍體，肯定是粉紅和她家的「清潔屍」，她專門召喚來打掃家裡的不死生物。

「那男人長什麼樣？」騎士的聲音聽起來怒不可遏。

嘿！這你就問錯了，應該問那小女孩長什麼樣子。我有點壞地吐槽。

「斗篷拉得很低，我也不知道。」

「你這頭蠢豬！」騎士的怒火沖天，我也能理解，本來是件神不知鬼不覺的案子，結果這老頭爲了賣點小錢，屍體變成死亡騎士，這下子就難解決了。

「殺了他吧，免得他暴露我們的身分。」另一名騎士冷酷地說。

「饒命啊！」那蒼老虛弱的聲音突然尖銳起來。

我的臉色沉了下去，身爲太陽騎士，似乎不該對這種殺人滅口的情況袖手旁觀，可是以我現在的狀態，衝進去救人搞不好只有被順道滅口的下場。

到底要不要救呢……

「不要打了，不要再打了。」

屋裡不斷傳來慘叫聲，還夾雜著拳打腳踢的聲音。

混蛋啊！我都胡思亂想了這麼久，你們居然還沒殺掉他，一劍砍掉不就好了，幹什麼用拳腳揍人！

難道你們不知道，壞人要是拖拖拉拉的，就會有正義之士跳出來多管閒事嗎？尤其是這個不得不幹的正義之士還是我！

低頭檢查身上的聖光護體和神翼術都還在，我從窗戶望向屋裡，有兩個騎士正在拳打腳踢，只有一個騎士冷著張臉站在旁邊，根據我的「老大通常出嘴不出手」的理論，這傢伙應該是領頭的了。

看樣子是來得及救人了，要是他們一劍解決，我做什麼都來不及。

我低聲唸著魔法咒語，雖然我是個聖騎士，卻是個絕世天才祭司的料，同時還是個天才魔法師的資質，總之，我當什麼都比當騎士強就是了啦，嗚嗚！

為此，我的老師常常仰天長嘆：「為什麼你只是不小心瞄到一個魔法師在用麻痺術，之後就能夠依樣畫葫蘆地使出來，而我這麼努力示範基礎劍招來教導你，你卻在看了上百次之後，還是使得亂七八糟呢？」

為了避免不必要的麻煩，譬如被人說太陽騎士不務正業，我通常是不在人前使用魔法的，不過現在是非常情況，況且我又不打算暴露身分。

「麻痺術！」

我一把麻痺術用在領頭騎士身上，同時飛身踹破窗戶，一腳踢在那名騎士的後頸上，他連聲都沒吭地就躺下了，不是我要說，但我當刺客的資質也是給他好得出奇……咳！不說了，另外兩名騎士拿著劍砍過來了。

在踹倒領頭的騎士時，我順手拔出對方的佩劍，畢竟是要隱瞞身分的，總不能把閃亮亮的太陽神劍拔出來作戰，那大概只剩下瞎子不知道我是太陽騎士了。

我一邊閃過兩名騎士的攻擊，一邊低聲唸著另一個咒語，左手一甩，一個能讓地面變得滑不溜丟的油膩術就丟了出去，當場摔了一名騎士，我趕緊衝上前去在他腿上補了重重一腳，直接踩斷他的小腿。

一個斷腿的騎士簡直不比個祭司危險，畢竟他們沒有神術輔助，只能穿重盔甲防身，要支撐這些沉重的盔甲本就需要穩固的下盤功夫，所以一旦斷了條腿，那連站起來都有很大的困難。

「魔法劍士！」另一個騎士臉色大變地喊。

魔法劍士？我翻了翻白眼，拜託，我只是個不小心把初級魔法都學會的聖騎士而已，才不是那種又學魔法又學劍術的不務正業職業。

不過這麼簡單就打倒兩名騎士，倒是讓我信心滿滿，看來眼前這三個都還不到高階騎士，那就好對付多了。

因爲誤以爲我是魔法劍士，顯然讓最後那名騎士很是忌憚，不怎麼敢接近我。

我可以理解他的忌憚，雖然魔法劍士是種強者很少，絕大多數很弱的爛職業，但我一上來就踹倒他們當中最強的人，瞬間又幹掉另外一個，在他的認知裡，我大概是屬於強的那種魔法劍士吧。

突然間，我感覺背後有一股強大的氣勢，我猛地轉身面對後方，果然看見那個首先被我踹倒的傢伙緩緩地站起來，臉上風雨欲來，更加糟糕的是，他身上爆出了淡淡的氣流，那是鬥氣，只有高階騎士才擁有的鬥氣。

「背後偷襲的無恥之徒！」那名騎士發出怒吼，想拔劍卻發現劍被我拔走了，當下氣得臉色漲紅。

原來這傢伙竟然是高階騎士，難怪他只有穿輕型盔甲，不像另外兩個傢伙穿著重盔甲。

「鬥氣」這種東西就像是圍在身上的氣囊一樣，效果比盔甲好得多，不但可以阻擋攻擊，同時還有盔甲所沒有的緩衝力，更重要的是，由於沒有盔甲的重量，所以不會降低自己的速度，可以說是攻擊保命兩相宜的好東西呀！

不過，這種好東西不是人人都練得出來，騎士一旦練出鬥氣，立刻就可以申請升級成高階騎士。

想當初，我老師為了讓我練出鬥氣，耗盡千辛萬苦，用光腦袋中的每一種方法，每天平均發動二十幾次鬥氣來讓我體驗鬥氣的發動法……但最後，我還是沒學會鬥氣，倒是在用眼睛記錄美女祭司時，不小心學會高階祭司專用的輔助神術，聖光護體，差點沒把我老師給氣死。

一直到我接過老師的棒子，成為太陽騎士後，才在一次差點要我命的任務中，體會到鬥氣的發動法。

但我還是偏好用聖光護體來代替鬥氣，畢竟我隨手就能施展聖光護體，鬥氣卻平均每發動三次會失敗一次，而且我的鬥氣實在虛弱到有點悲哀，平均三下就會被砍爆，所以實在不敢把自己的小命交付給不爭氣的鬥氣。

那名高階騎士的鬥氣看來氣流順暢，不像我的這麼不爭氣，要砍暴恐怕不是件容易的事情。

「油膩術！」我隨手又一丟。

但那名高階騎士穿的是輕盔甲，一點點油膩顯然不足以讓他摔個四腳朝天，這魔法反倒是激怒對方，他怒吼著「卑鄙之徒」，然後順手拿起旁邊的桌子就朝我丟擲過來。

他大概以爲我會正面迎敵，帥氣地一劍把這桌子砍破，然後跟他來個驚天動地的騎士V.S.魔法劍士對決！

但是嘛……我閃！外加一個「煙霧術」，製造出一陣煙霧，讓敵人看不清周圍。

我一把抄起地上被打得亂七八糟的老頭子，跳出窗戶，直衝到三匹馬的旁邊，割斷馬匹的繫繩，又分別在另外兩匹馬的屁股各戳一劍，兩匹馬頓時嘶叫著跑走，然後我提著老頭跳到剩下的那匹馬上，駕馬狂奔。

這時，一支劍透著強勁的氣勁穿過破窗，勢如破竹地朝我射過來。

我若是躲開這一劍，勢必會落馬，一旦落了馬，肯定會被後頭的騎士追上，那事情就大不妙了。

我現在的狀況連聖光護體都使得像是紙紮的保護罩，根本無力和人正面拚鬥，尤其對方還是個高階騎士。

只好硬扛下來了！

聖光護體再加上鬥氣應該可以扛下吧——噗滋！那支劍卻好像穿透過兩層紙似地，接連破去兩層保護罩，我臉色一變，幸好來得及偏了偏身子，那支劍才沒有穿心而出，只是從右邊肩膀劃過去，我的肩頭馬上就噴出一道血柱。

萬幸的是，劍沒有劃傷馬匹，所以馬兒還是盡力地往前跑，迅速和後方的騎士拉開距離。

我一邊使用治癒術穩住傷口，一邊思考，這騎士真的很強，就算我的狀況完好，正面對決恐怕還是得靠魔法才能取勝，第一擊只是剛好趁他不注意，又配合魔法，所以才能順利擊倒他。

這麼強的騎士，加上他剛剛口口聲聲的「無恥」和「卑鄙之徒」，他恐怕不是一般騎士，多半有貴族頭銜，才會這麼注重正大光明這種美德。

不過話又說回來了，一個重視正大光明的騎士來刑場棄屍，這怎麼想也不太對吧！

除非是他效忠的對象下令，那就另當別論……唔！

突然一陣頭暈目眩，我用力地甩了甩頭才清醒過來，低頭一看，剛剛才處理好的肩傷又開始流出血，也是，在這樣奔馳顛簸的馬匹上，剛結痂的脆弱傷口又崩裂也不奇怪。

還是趕快回到神殿才能夠全力治療傷口，我索性撕了一截斗篷的布條，在肩膀上隨便纏兩圈，然後全力騎馬回城。

當我快騎到城門的時候，就順手把老頭丟下馬，扔去治癒術，沉聲對他說：「要命的就快點離開這裡，有多遠走多遠，聽見沒有。」

老頭子在接受我的治癒術後，顯然是好很多了，他驚恐地點點頭，然後一拐一拐地走開。

我也跳下馬，這匹馬是那夥騎士的，我可不敢騎著牠回神殿，要是事後被查出來就麻煩了，更何況我現在肩膀上血染一片，要是騎在馬上，那也太顯眼，恐怕會被警備隊甚至是自家的聖騎士找上。

我用手捂著肩傷，慢慢走進城中，城門的士兵皺著眉頭看了我幾眼，不過仍沒有阻止我進城，大概也看多全身都亂七八糟的冒險者，況且城內還有警備隊和聖騎士，敢在首都亂來的傢伙並不太多。

真是失血過多了，我虛弱到不得不恢復烏龜走路法。

雖然沒惹事，但還是有一隊警備隊盯上我，大概是血染半身實在太駭人了，他們可能怕我突然發難，或者是更乾脆地往旁邊一歪，直接倒地死亡。

眼見警備隊的幾名騎士越逼越近，我索性走向街道旁，那裡有三名聖殿的聖騎士正在談天。

我靠近三人，然後朝著背對我的聖騎士伸出一隻手，這舉動很顯然讓警備隊和已經發現我舉動的另兩位聖騎士緊張起來，他們一起把那名不明所以的聖騎士拉開。

我本來想拍拍那個聖騎士的肩膀，不過現在顯然是拍不到了。

「願光明神祝福你們，我的兄弟們。」我高聲地說，但是，說完才發現我的聲音並不如我想的那樣宏亮，反而異常地氣虛。

「你是哪位？」幾個聖騎士不解地看著我，又看見我滿身的血，不禁皺起眉頭來。

我微微拉開斗篷，讓他們看到我的臉，笑著說：「認得我嗎？」

三名聖騎士一看到我的臉就瞪大了眼，其中最年輕的那名聖騎士結結巴巴地說：「你、你是太……」

「噓！」我在嘴前豎起食指，還俏皮地眨了眨眼，臉上仍帶著輕鬆的微笑，雖然我真他媽的想暈倒了事，不過還是得努力保持太陽騎士的形象！

三名聖騎士此刻的臉色千變萬化，發現我是太陽騎士，似乎想要行禮，但又想起我穿著斗篷，似乎不想暴露身分，所以又不敢行禮，緊接著，他們的視線又飄到我身上，看見滿身的血後，臉色大變，然後不知道他們又想到什麼去了，臉色一下子都白了。

眞有趣……

「我須要護送，你們願意花費時間護送我回到神殿嗎？」

話說得比平常要簡略很多，什麼在光明神的注視之下，聖騎士宛如親兄弟般的情誼之類的廢話通通省略，我現在只想回聖殿倒頭大睡。

「另外，警備隊似乎對我有點誤解，麻煩請你們幫我解釋一番，但請不要暴露太陽的眞實身分。」

三名聖騎士戒愼地點了點頭，一名聖騎士走過去和警備隊解釋，雖然不知道他掰了些什麼東西，但那些警備隊騎士只是點了點頭後就離開了。

那名最年輕的聖騎士則是有點緊張地問：「您、您要不要先療傷？我會點治癒術——啊！」說到一半，他似乎想起了什麼，又停住了。

我笑了笑地說：「那就麻煩你了。」

這話一出，三名聖騎士都不敢置信地看著我，我可以理解他們的驚訝，畢竟我是以神術厲害出了名的太陽騎士，現在居然還需要別人幫忙用治癒術，這簡直是太不可思議了。

幸好三位聖騎士都知道不要多嘴，只努力用著不太熟練的治癒術幫我療傷，然後三人護送我回神殿。

有了三名聖騎士的護送，我很快就到達神殿，我對三人道了句感謝的話後，獨自踏上神殿的階梯。

「太……您不要緊吧？」最年輕的聖騎士有點憂慮地喊。

我的身子幾不可見地晃了兩晃後，轉頭對他們露出最燦爛的笑容說：「太陽不要緊的，請不要擔憂。」

但不知道爲什麼，三名聖騎士先是吃了一驚，然後又露出更擔憂的神色。

大門前，我微微拉開斗篷帽子，門口守衛的聖騎士立刻對我行了個禮，我順利地進入聖殿，一直線地朝著我的房間走去，快到了，我的床啊……

「太陽！」

聽到叫喚我的聲音，我不得不停下腳步，還來不及轉頭就直接被人拉著走，但我現在連說話的力氣都沒有了，只得被他拖著走。

「你怎麼搞的？身上這麼多血，是敵人的血嗎？是不是打得他們滿地找牙，哈！」

來人有著一頭火紅頭髮、大嗓門，以及高大的身形，說話十分直接，力氣更是大得驚人，我差不多是整個人被他單手拖走。

這人就是十二聖騎士中的烈火騎士，人如其名，性如烈火，直接而火爆，他和我、暴風與綠葉一樣，都是屬於溫暖好人派的十二聖騎士長。

拜託讓我走，烈火，我快要暈倒了啦！

「對啦，忘記說我找你要幹嘛。」

烈火連回頭看我一眼都沒有，只是一路把我往前拖，兩旁路過的聖騎士一看見我，就吃驚地讓手上拿的文件、杯子到寶劍，通通摔到地上去，我想自己現在的臉色一定非常可怕，虛弱得可怕。

再這樣下去，太陽騎士的形象一定會毀光光，我費盡最後一絲力氣把斗篷的帽子拉上。

「寒冰躺下了，那天那個死亡騎士的劍有古怪，他們好像說那是死什麼劍，被刺中會導致死亡之氣入體，連教皇那老頭都只能勉強壓下死氣，他們說要你才有辦法解那個什麼氣的。」

死亡之氣？難怪啊！難怪恢復力超強的我居然會虛弱成這樣，恐怕那把劍是大有來頭，更不幸的是還握在一隻死亡騎士的手裡，比更不幸還不幸的是，我被懷疑是製造出那隻死亡騎士的罪魁禍首，所以得負責查出眞相。

烈火拖著我來到殘酷冰塊組居住的那排房間，一腳踹開寒冰的房門，然後大喊：「我找到太陽了，現在要幹嘛才能救這個冷冰冰的傢伙！」

房內的情況並不如我想像的那麼嚴重，雖然寒冰騎士躺在床上，不過他意識清醒，手上還拿著一本書在閱讀，而幾名高階祭司則是在一旁商量著要怎麼療傷。

審判則坐在寒冰的床邊批改著文件，哪怕他是來看望寒冰的，也不會浪費時間。

旁邊的高階祭司面露欣喜之情地說：「只要在寒冰騎士長的傷口滴上太陽騎士那長期受到光明神祝福的神聖之血，再配合我們的淨化之術，就可以完全驅趕出死亡之氣，接下來讓寒冰騎士長靜養幾天就會沒事了。」

那可不可以讓我先靜養幾天？我怎麼看都覺得自己的情況比寒冰要嚴重很多。

唔！手臂上突然一痛，血如同噴泉般噴出。

「那就簡單啦，反正太陽就像打不死的蟑螂，流個一、兩桶血也沒什麼啦。」

烈火一手抓住我的肩膀，一手舉著我的手，在寒冰的頭上亂灑亂晃，噴得他滿身都是我的血，臉上的神色也更冰冷了。

見狀，幾名高階祭司趕緊上前施展淨化術，只是這淨化術全數都給了床上的寒冰。

喂喂！大家是不是完全忘記我昨天也有被砍啊？而且我被砍的傷口可比寒冰深多了，分點淨化術給我吧！

我欲哭無淚地看著那些淨化術，雖然嘴中想喊，卻突然一陣發虛，差點暈厥過去。

「太陽騎士長，你……」審判似乎有點察覺我不對勁，他猛然抬起頭，卻面露遲疑地沒有繼續說下去。

我可以理解審判的遲疑，畢竟我倆是水火不容的太陽騎士和審判騎士，私底下的眞實狀況是如何無所謂，但是在這幾名祭司和烈火之前，他主動關心我恐怕是不妥的，況且，以我過往那如同蟑螂般的恢復力，大概沒人認爲我眞的會死吧？

在祭司給寒冰施放淨化術的期間，我的意識漸漸模糊，拜託！哪個人都好，可不可以發現我快要去見光明神的事情……

在我昏迷的最後一刻，似乎瞄到審判扯開烈火的手，將我拉過去扯開斗篷帽子，他一看到我的臉就倒吸一口氣，然後轉頭對著祭司大吼特吼，不過具體是吼些什麼，我倒是聽不見了。

喔喔，還有寒冰也從床上跳起來，這冰塊傢伙的臉上居然會有驚慌的表情耶，太不可思議了，反倒是一直都表情誇張的烈火一副呆若木雞的樣子。

不管了！

接下來是死是活都不關我的事了，我現在只想好好睡個大覺。

閉上眼睛，啊！眞舒服，大家晚安。

太陽騎士守則第六條

「出外靠朋友！
哪怕就是一具死屍也要和它打好關係。」

太陽應該沒事吧？他的恢復力很強的！

你是沒有看見他倒下時的臉色，那根本是張死人的臉。

沒禮貌，誰死了啊！我本想翻翻身，卻發現身體好沉重，算了，還是繼續睡吧。

教皇陛下，太陽他不會有事吧？

不會眞有事吧!?他已經兩天動都沒有動過了……

原來我兩天沒動了嗎？難怪覺得屁股有點痛，照顧的人是不會幫忙翻個身喔！要是長褥瘡了怎麼辦？

太陽騎士長褥瘡，這傳出去能聽嗎！

我奮力扭動側過身去，深怕長褥瘡就太難看了，結果這一動再度耗盡我好不容易恢復的體力，結果又沉沉睡去，連旁邊的人的歡呼聲都離我遠去。

怎麼辦？太陽已經五天昏迷不醒了，再這樣下去，他會虛弱而死的吧……

出去！

什麼？

我說，都出去！

接下來就是一陣亂七八糟的吵雜聲、怒吼聲，還有不少交談聲，總之就是吵死人了，不知道這裡有重傷患嗎？是不能安靜一點喔！

不滿地翻個身，我用屁股把所有吵鬧的聲音擋在背後，滿意地繼續睡大覺。

「太陽，起床！」

我縮了縮腦袋，繼續睡。

「格里西亞·太陽，你立刻給我起床！」

我猛然一僵——格里西亞？

啊！好久沒聽見自己的名字了，差點忘記自己叫作格里西亞。

自從當上太陽騎士，所有人都叫我太陽，但其實成為太陽騎士後，只是姓氏變成太陽二字而已，十二聖騎士長還是有自己的名字，但通常沒什麼人會用名字來稱呼我們就是了。

搞得我常常忘記其他十二聖騎士長的名字到底是什麼，譬如說，綠葉騎士長的名字到底是艾梅還是草莓，我總是搞不太清楚。

居然連名帶姓地叫我，看來「雷瑟·審判」是真的火大了，我看再不起床的話，可能會永遠沉睡不醒……

我極為不甘願地抬起半片眼皮，用沙啞的嗓音說出五天來的第一句話。

「再讓我睡一下是會死喔？」

「……呵。」

審判那張酷到極點的臉終於破功，嘴角勾起一抹淺笑，他笑著搖了搖頭，滿臉「真拿你沒有辦法」的表情，然後把一只大碗拿過來，裡頭裝著香氣四溢的魚肉粥，還撒上我最愛的辛香料，一大堆的香菜啊！

咕嚕……

我像彈簧一樣從床上彈起來，滿臉飢渴，只差沒流口水，伸出手要去接那碗香噴噴的魚肉粥，審判卻在我快摸到碗的時候，瞬間把碗拿開。

「雷瑟‧審判！」我哀怨地用全名稱呼審判騎士長。

雷瑟一邊把碗遞給我，一邊慢條斯理地說：「記得吃慢點，你五天來只有喝糖水而已，否則鬧肚子還是小事情。」

我拿過碗，苦哈哈地開始一小口一小口地吃粥。

「其實你應該吃清淡點，不該加香菜的。」雷瑟皺著眉頭看著我的碗，幾不可聞地嘆口氣：「但不加的話，你肯定不吃沒味道的粥。」

知我者審判也，誰要吃白粥啊！

審判在床邊坐下來，我在吃粥，而他則拿起公文在一旁批改，眞是個絲毫不浪費時間的傢伙。

等到我心滿意足地放下碗，又大喝特喝了一整瓶水後，才終於解了五天的飢餓和口渴。

審判看我吃飽喝足了，才終於放下手上的公文，抬頭看著我。

雖然他一句話都沒說，但我明白他是要我說明整件事情的經過，當下就從那天說起，在他離開後，我立刻去找粉紅……

雖然說，我和死靈法師有勾結——啊呸！什麼勾結，有「來往」的事情理論上是不能讓任何人知道的，不過審判畢竟是我最好的朋友，更何況這事也瞞不住，三不五時就有不死生物出現，還都是些弱到不行的傢伙，怎麼看都不對勁，根本不可能瞞過審判，所以他自然也知道粉紅這個特約死靈法師的存在。

聽完整件事情後，審判在沉思中，而我則努力地攀在床邊，伸長手努力在床底撈東西，我記得以前有偷放一大塊肉乾在床下，到底跑哪裡去了，啊哈！找到了。

我努力地咬著那塊比頭還大的肉乾，同時觀察著審判的神色，他平常是一張酷臉，就像我永遠一張笑臉，但是這種關起門來沒人會看見的私底下，我們兩個可就什麼亂七八糟的行爲舉止都會有了，剛才我還噘著屁股在床底找肉乾呢。

審判帶著疑惑的表情抬起頭來，一看到我在咬肉乾，臉色一變，立刻搶過肉乾，低吼：「你眞不要命了。」

我露出委屈的表情說：「可是我還很餓啊！」

「晚點我再拿碗粥來。」審判十分堅持，甚至把我的肉乾揣進他自己懷裡，就是不給我吃，我也只能認了。

「我查過你拿回來的那把劍。」

審判就是審判，二話不說就直奔重點。

劍？我偏了偏頭，這才想起來，應該是在刑場小屋中，那個被我踹倒的騎士身上的那一把，原來一直揣著沒丟掉嗎？當時實在太虛弱了，根本沒注意到這點。

「喔？查出這把劍是誰的了嗎？」

「這把劍上頭有著傑蘭家族的蘭花徽飾，要造成你肩頭上的傷，讓你選擇逃跑，那至少也得是高階騎士，傑蘭家族中只有三名高階騎士，傑蘭伯爵的三子和兩名效忠的騎士。」

「是哪一個人？」我毫不遲疑地問，相信以審判的能力，就憑我拿回來的這把劍，應該就可以查個八九不離十了。

審判沉默了一會兒，終於開口說：「傑蘭伯爵的三子，他效忠的主人是大王子殿下。」

我也沉默了，帶著點期望地問：「確定是伯爵的三子？」

雖然我這麼問，不過真正想問的問題其實是真的是大王子殿下幹的好事？

要讓一名注重名譽、家族等等美德的騎士做出棄屍這種舉動，也只有效忠主人的命令才有可能了，既然伯爵的三子效忠的是大王子殿下，那麼，凌虐那名死亡騎士的人也就別無他人了。

審判點了點頭：「傑蘭伯爵底下的兩名高階騎士，一個在外地，另一個整天都在城中巡邏，有幾名和他同行的騎士可以證明。」

「王子殿下把一個人凌虐致死？」我的臉色有點古怪，這怎麼也不像是那個負責任，性子又偏溫和的王子殿下會幹的好事。

在說出這句話以後，整個房間都安靜了下來，隱隱有種壓抑的氣氛，這件事情牽扯到大王子身上，那事情就真的很麻煩了，就算查出來事情真是大王子所為，難道我們還能將這個國家的正統繼承人送上斷頭台？

「外頭……」審判突然開口，但只說了兩個字，卻又沉默下來。

我看向審判，總感覺這傢伙今天有點奇怪，平時若只有我們兩個，他總會放鬆表情，甚至擺著笑容，雖然都是一種因為太久沒笑而顯得相當僵硬的笑臉，再搭配他黑漆漆的酷帥裝扮，整體看起來就很好笑。

但今天，他仍繃緊臉孔，一開始的笑臉有點敷衍，我看得出來，因為那和我平常擺著的笑臉是一模一樣。

我看著他，而他也回看著我，一種從未有過的壓抑古怪氣氛在我倆之中蔓延，審判從來就很堅定的黑瞳，現在卻有點遲疑，我甚至可以從他微皺的眉頭讀出為難的意味。

「搞什麼？」我抓了抓自己滿頭亮眼的金髮，然後粗魯地猛推審判一下，不滿地說：

「有什麼話就直說，不要瞞著我，我會跟你翻臉的我告訴你。」

審判先是遲疑了，不過在我堅定神色之下，他只有嘆了口氣說：「滿城都在傳言你虐殺那個死亡騎士。」

聞言，我震驚到僵住身體，而審判已經繼續說下去。

「教皇陛下已經下指令，不須調查眞相了，現在要全力污衊那名死亡騎士，將他說成十惡不赦的罪人，而你在抓住他以後，他屢勸不聽，最後他被審判所帶走，最後處刑。」

「他之所以對你有執念，是因爲你抓了他。」

述說的過程，審判的語氣十分平靜，彷彿在說一個事實般。

但這分明就不是事實！

胸口猛然湧出強烈的憤怒，也不知道究竟是因爲那名死亡騎士被誣陷而憤怒，或者因爲是我撐著虛弱的身體去調查，弄得自己差點死掉，卻得到一句「不用調查」了！

總之，我胸中的怒火就像一把猛然竄起的野火，瞬間變成燎原之火，在胸口狠狠地肆虐，但手腳卻異常地感到冰寒，甚至滿背冷汗涔涔。

「你冷靜點。」審判察覺不對勁，關切地拍了拍我的肩。

我一把揮開他的手，這一揮，讓我們兩個都愣了愣。

他收回手，仍舊沉默，而我卻管不住自己的嘴，忍不住逼問他：「你也不相信我沒有殺死那個騎士？」

審判愣了愣後，抬頭看著我，好一會才說：「我相信證據。」

聽到這種回應，我的心往下沉了沉。

審判仔細分析：「現在的情況，有可能是王子殿下殺死那名死亡騎士，並且讓手下的騎士將其棄屍在刑場——」

「但也有可能是我幹的，對吧？」

我高聲打斷審判的話，審判顯然有點錯愕，卻沒有反駁我的話，這讓我更氣了，簡直不能控制地猛說。

「反正死亡騎士針對的人就是我，而且什麼刑場小屋的經過是我說的，那把劍也是我拿回來，說不定這些全部都是我編造的故事，可能我想的就是只要把事情嫁禍在大王子身上，誰也不敢眞的去查王子是不是犯案，對吧，審判長？」

我一口氣全部說完，居然有點氣喘吁吁的感覺，胸膛猛烈地上下起伏，不知道究竟是眞的說得很累，或者是我胸中的怒火已經快要穿胸而出了。

審判沉默了很久，或者是我感覺很久，最後他只回了一句。

「有可能。」

「去你媽的！」我氣得低吼了一聲。

我陰沉著臉，從床上跳起來，打開衣櫥拿出備用斗篷，目光又掃過旁邊的太陽神劍，猶疑著不知道要不要拿上這夥計，不過，最後決定不拿它了，反正我其實也還沒決定要做些什麼，只是就賭著一口氣不爽！

「太陽，你要去哪？你的身體都還沒有恢復！」

審判連忙站起身來阻止，滿滿的不贊同之色。

「去找粉紅問事情！」我一口打斷審判說話，還忍不住嘲諷地說：「有興趣的話，可以多告我一條勾結死靈法師。」

「你！」審判的臉繃得死緊，看來竟是有些生氣了。

糟糕！我心底突然有那麼點心虛，剛才最後一句話眞不該說的，不小心讓審判生氣了——啊！不管啦，他氣，我更氣啊！

先去找粉紅商量看看再說，我打著這主意，心動不如馬上行動，一手抱著斗篷就想要出門去，但在最後一刻，突然想起一件重要的事，立刻轉頭對審判說：「對了，不許散布教皇的胡說八道，我會查出眞相的。」

一說完，審判就沉默了，這讓我有點緊張，平常這個朋友都會二話不說地答應任何亂七八糟的要求，譬如幫我解決戰鬥任務、調查任務、打人討公道等等，可是現在居然沉默了，眞糟糕！我剛剛眞不該惹他生氣的。

幸好，審判的度量顯然比我想的大很多，他只是思考了一下，就說：「我最多把事情壓著三天。」

「好！就三天。」

我一口說定了，披上備用斗篷，轉身離開房間。

「老闆，來一根最大最甜最粉紅色的草莓棒棒糖！」

我丟出一塊銀幣，換回一根比腦袋瓜子還大的棒棒糖，然後瞬間就後悔了，要什麼酷啊！我的退休金又少了一塊銀幣啦！

忍著滿心的悔恨，我再次來到粉紅家門口，這次她不知道是未卜先知地知道我會來，還是純粹在門口曬太陽，總之，當我到達的時候，她已經倚著門邊，死盯著我手上的巨大草莓棒棒糖，口水大概流了有三尺那麼長。

當她朝我衝過來的時候，我眼明手快地把棒棒糖舉得老高，讓這身高不足的小女孩死靈法師饞得蹦來跳去，但就是拿不到棒棒糖，最後，她嘟著嘴捧著雙頰，蹲在地上用哀怨的眼神瞪我。

「死亡騎士有回來過嗎？」我一邊問一邊搖了搖棒棒糖。

粉紅吞了吞口水，乾脆地回答：「有。」

我一聽，哈！事情有著落了。

「他還聽妳這個死靈法師的話嗎？」

粉紅嘟著嘴不滿地說：「他從一開始就不怎麼聽話，死亡騎士都是不乖的，讓他去掃地擦桌子，結果都不肯理我。」

叫死亡騎士掃地擦桌子……好吧，連堂堂的太陽騎士都幫她跑腿買棒棒糖了，讓死亡騎士去做打掃工作也不是件太奇怪的事。

「對了！太陽，你可不要去惹他，他現在好強的，你打不過他喔。」

我奇怪地看了眼粉紅，這隻唯恐天下不亂的死屍居然會叫我避開死亡騎士？

粉紅嘟嘟噥噥：「要是你被死亡騎士砍成碎屍，那就是我也沒辦法把你湊回完整的一具屍體復活，這樣的話，我就沒有徒弟了！」

說完，她還拉著我的斗篷，眼巴巴地問：「你什麼時候要當我的徒弟？」

「等我死了再說。」

這句話可不是拒絕，早在不知道幾年前，我還年幼無知的時候，就因爲任務完成不了，只好來找粉紅求救，她當然不是那種會免費幫忙的屍，所以，我一路下來承諾要給她的東西，有棒棒糖、粉紅色蝴蝶結洋裝、外表完整英俊美貌的男女屍體各一，這害我在亂葬崗挖了整整十天才找到符合標準的屍體來還債。

最後實在沒有東西賣了，我一咬牙，好吧！只好把「死亡後的自己」給賣了。

後來，我就不太敢來找粉紅解決問題，因爲我怕會把「死亡前的自己」都賣掉，那就眞成勾結了死靈法師。

「那個死亡騎士的執念是什麼？」我高舉著棒棒糖，希望這根花了一枚銀幣退休金的糖能夠滿足粉紅。

粉紅雙手托著腮，大眼睛不甘心地看著那根棒棒糖，賭氣地說：「不知道啦，他又不肯說。」

「那是誰殺死他？」

粉紅奇怪地看了我一眼，理所當然地說：「不就是你嗎？」

「我沒有殺他！」我簡直火大得要抓狂了。

「喔，原來不是你啊～～～」粉紅故意拉長尾音，眼睛還瞟向他方，一整個不相信的模樣。

這小妮子！我氣得有點牙癢癢，但可不敢眞的用牙去咬粉紅，那我大概會因爲吃到腐敗的肉而食物中毒死亡吧！

更何況，這次要擺脫冤屈，多半還得靠她呢！

我運起十足十的微笑功力，掛上最純潔最無辜最委屈的苦澀笑容，包准十個女人看見就有十個會突然胸中湧起母性的光輝，然後過來給我秀秀……咳！是對我激起無窮的同情心。

果不其然，粉紅眼中閃著耀眼的光芒，熱情得像顆小火球般朝我衝過來，雙手還伸得長長的，一副要給我抱抱的模樣，然後她一把搶走我手上的棒棒糖。

「……」

我看了看空空如也的手，原來這妮子衝過來的原因是我忘記把棒棒糖舉高了，所以她看準機會就快狠準地搶走棒棒糖。

這下連棒棒糖都沒有了，該怎麼讓粉紅幫我忙？總不能真把死亡前的自己也給賣了吧！我不禁沮喪得跌坐在地。

粉紅蹲在我旁邊舔著棒棒糖，幸虧她還有那麼點良心，拍了拍我的肩頭安慰說：「不要沮喪嘛，太陽，如果真不是你做的事，去找出凶手不就好了嗎？」

「妳說得倒是簡單。」我翻了翻白眼，沒好氣地說：「事情可是牽涉到大王子殿下，我總不能走到伯爵的三子面前問說：『喂！事情是不是王子殿下幹的啊？』」

粉紅偏著頭想了想，提議：「不然你把他抓來，我免費幫你問嘛！」

「……妳覺得到底是我虐殺一個人的罪行比較嚴重，還是我和死靈法師有勾結的罪行比較嚴重？」

粉紅卻露出一副「朽木不可雕也」的表情，搖頭嘆氣地說：「笨蛋啊！你不會蒙個臉去抓啊？」

蒙面？我眞有點心動了，不管是什麼人落到粉紅手上，都只有乖乖說出眞相的份吧，那我就可以省去很多工夫，而只要沒露臉，就算對方事後有所懷疑也無所謂，我可是太陽騎士！想污衊我？先問問光明神殿和十二聖騎士同不同意！

等等，不對，傑蘭伯爵的三子可是實力不弱的高階騎士，雖然我加上神術的幫助，算一算應該是可以打贏他，不過打贏他和活捉他可是完全不同的兩碼子事啊！

更何況，伯爵三子身邊又不是沒人，眞去抓他，恐怕我反被抓的機率還高一點。

我沮喪地說：「他太強了，而且身邊有很多守衛，我抓不到他。」

「誰說的！你可是我看上的徒弟耶。」

粉紅嘟起嘴來，抓住我的手就往她家裡拖，雖然這具死屍外表看起來是個小女孩，但力氣可是大得像頭牛，我被她這麼抓住後，根本無法掙脫，只能被她拖著走。

被一個小女孩拖的感覺眞的好難受啊，三分之二的身體根本都在摩擦地面，要是粉紅拖的速度快一點，我都要摩擦起火了。

砰！

她把我拖進屋子後，一把將門給甩上，然後就放開我的手，自己跑去旁邊的一口大箱子大翻特翻，各種亂七八糟的東西被她隨手亂拋，而旁邊安靜的「清潔屍」也十分盡責，馬上開始撿拾主人亂丟的東西。

我只能看著粉紅翻東西，直到一條小女孩的蕾絲內褲飛到我頭上後，才終於忍不住開口問：「妳到底在找什麼啊？」

「有了！」這時，粉紅恰好也大聲開口喊，然後就從箱子底拿出一個約莫巴掌大的徽飾。

我不解地看著粉紅拿著徽飾走過來，「啪」的一聲把它按上我的胸膛，我低頭端詳胸前的徽飾，那是一枚以黑色爲主色，再用銀線勾勒出簡單龍形的徽飾，樣式簡單大方，就裝飾來說還眞挺漂亮的。

不過，在粉紅屋子裡頭的東西，除了草莓棒棒糖，其他物品都有著程度不一的危險性，從危險、很危險、極端危險，直達世界末日的危險程度都有，就是沒有無危險性的裝飾品。

「這是什麼？」我有點緊張地問，這枚不知道危險程度爲何的徽飾可是貼在胸口要害的位置啊！

手上突然一疼，粉紅用指甲劃破我的手指，然後把我的手舉到徽飾上，血一滴、兩滴地滴在那枚徽飾上，徽飾發出淡淡的銀色光芒，我明白，這是確認我是它的主人的光輝。

這世上有很多魔法物品是須要滴血或者更麻煩的程序，譬如還要加上魔法陣，確認主人後，才能夠發揮眞正的功用。

舉例來說，我的太陽神劍就需要極其複雜的魔法陣，甚至還要加上現任主人的血和繼任者的血，才有辦法讓它的主人從我的老師轉移到我身上，然後就只有我才能發揮出太陽神劍眞正能力，對其他人而言，太陽神劍就是一把帶神聖屬性的劍，甚至還算不上什麼利劍。

這些須要認主的東西的共通特點就是無敵地珍貴、寶貴加昂貴！

哪怕有錢都不見得買得到的東西，而粉紅竟然就這麼給了我，說我心中沒一點感動，那絕對是騙人的。

過程中，粉紅的神色看起來不太好受，畢竟我的血效果可不比太陽神劍差到哪去，可以剋制所有黑暗屬性的生物。

「好了！」

粉紅呼了一口氣後縮回她的手，手上的徽飾也就順勢落下，讓我接個正著，我好奇地問：「這是什麼？」

粉紅的眼中閃著好玩的光芒，然後急急地催促：「太陽你快喊：『龍的聖衣啊，我以龍的傳人之名，命令你，發動！』」

這麼老套的咒語到底是哪個神創的？

我想了想，粉紅應該是不會害我的，或者應該說，她要害我的話，不用搞得這麼麻煩，所以我也就照著唸：「龍的聖衣啊，我以龍的傳人之名，命令你，發動！」

一唸完，手上的徽飾就劇烈震動起來，緊接著竟脫離我的掌心而懸空浮起，銀色光芒變得強烈而刺眼，我不由得閉起眼睛，感覺到徽飾用力撞上我的胸口，原本只有巴掌大的一塊，如今卻不斷往外擴大再擴大，覆蓋住整個胸口，又朝著背後和四肢延伸……

說實話，我很緊張，誰知道這東西是不是世界末日等級的危險，只是身不由己，全身都快被包住了，還能有什麼辦法？

既然沒辦法了，我乾脆閉上眼，忍耐一下就過去了！

「喔喔喔！眞看不出來，太陽你的身材其實還不錯耶！」

耳邊傳來粉紅的驚呼聲。

啥？我的身材不錯？難道我赤身裸體了嗎？

我趕緊張開眼睛，低頭一看，幸好沒看見什麼肉乎乎的顏色，就是衣服變了，變成一件貼身的黑底緊身衣，難怪粉紅說我的身材不錯。

這件貼身的黑衣在胸口和下身等要害處都覆蓋著銀色的輕甲，連腳上的長靴也是。而我仔細一看才發現，這輕甲竟然是由指甲大小的鱗片組成的，活動性十足，完全不會因爲有甲冑而影響行動。

「眞是好東西啊！」我忍不住感歎，但感歎到一半，卻發現聲音不對勁，彷彿隔著什麼東西說話，顯得有些悶聲。

我覺得奇怪，往臉上一摸，才發現下半臉也覆蓋著鱗片狀的輕甲。

我十分好奇地走到屋子中唯一的鏡子前，鏡中是一個全身穿著緊身黑衣，只有下半臉、要害和腳上的銀鱗片閃著內斂的光芒，整個人看起來眞是酷帥到極點了，尤其配上那頭黑中夾雜銀絲的頭髮，簡直是一整個迷倒八歲到八十歲女人的勁帥樣——等、等一下！黑中夾雜著銀絲的頭髮？

我呆愣住了。

「啊啊啊！我的頭髮變色了啦，我閃亮亮的金髮啊，啊啊啊！我不能當太陽騎士了，我要失業了，我不要因爲失業，憂鬱到去見光明神啊啊啊！」

鏡子裡頭那個能夠迷倒八歲到八十歲女性的男人正捧著雙頰拚命尖叫。

「吵死人了。」粉紅在一旁舔著她的棒棒糖。

「只要提供一百公克的血液就可以變身一次，爲期三小時，多一小時要多給一百公克的血，勸你一次最多維持五小時變身，不然很容易不知不覺就被吸死。」

怎麼聽起來好像要它工作，還要付血液當工資？

「不過，變身過後，要隔二十四小時以後才能再變身一次。」

還得給它休息時間啊，一天只幹活五小時會不會太好命？

「變身以後，防禦力加倍，力量變成原來的一點六倍，彈跳力一點五倍，速度一點二倍。」

眞是一堆龜毛的數字，就不能乾脆點，通通加倍不就好了嗎？

「加一加以後，太陽你大概有……零點八五個審判騎士長那麼強吧！」

靠！不用提醒我，我的戰鬥能力到底輸審判多少，好嗎？

「不過再加上你那變態到比不死生物還強的恢復力，只要和審判騎士長打三天三夜的持久戰，你一定會贏的！」

妳是不是忘記這件衣服是要吸血的？別說三天三夜，一天一夜後我就變成乾屍了啦！

「喔，對喔，我都忘記衣服要吸血了！沒關係！那我示範幾招死靈系魔法給你看，看好了喔！」

不要啊！我可是光明神的太陽騎士，被人知道會黑魔法，我會被綁上火刑柱燒死的！

等等，我學會了？只看一次就學會了？啊啊啊！難道我不但是個絕世天才祭司，天才魔法師，還是超級絕世天才的死靈法師嗎？

「太陽呀，你當初選擇當聖騎士，是擲骰子選的嗎？那骰子神一定跟你有仇吧？」

不要再說了……嗚嗚！

在粉紅的小屋中，我用一個多小時聽粉紅解說這件「龍的聖衣」使用法，還外加不小心學會幾招死靈魔法，之後一定要非常小心，平常千萬不要用出死靈魔法，不然我的麻煩就大了。

在粉紅越教越起興、連高級死靈魔法都想教我時，我就急匆匆地從小屋中奔逃出來，以免自已在不知不覺中變成高級死靈法師。

算一算，如果我能在半小時內找到傑蘭伯爵三子，花半小時把他抓到無人的地方，再花半小時用粉紅教我的死靈魔法逼供，那搞不好可以把變身時間控制在三小時之內，那就不須要額外付血給這件吸血衣了！

對一個連續失血很多次的人來說，這簡直是件值得慶祝的好消息。

所以，事不宜遲，現在就去找伯爵三子，然後用拳頭和黑魔法逼他說出眞相！

太陽騎士守則第七條

「不要小看任何人事物，哪怕就是一件衣服，
生起氣來也會咬人的。」

爲了不多付血，我拚老命地趕路。

雖然龍的聖衣又酷又帥，不過就是因爲太酷太帥了才麻煩，穿著這件緊身衣走在大街上，簡直在宣稱我就是可疑分子，恐怕走個半條街，我就會被皇家警備隊外加自家的聖騎士找上來，然後他們就會一起請我去和審判騎士長喝茶了。

所以我只好當梁上君子，專門走在梁的上面，也就是屋頂。

幸好傍晚的天色昏暗，視線不佳，不然就算我走在屋頂上，恐怕還得祈禱底下的騎士和聖騎士的眼睛全都被聖光糊住，才會發現不了我。

我快速地在屋頂飛掠跳躍，身子輕盈得活像會飛似地，隨便一跳的高度都有兩人來高，更厲害的是著地的時候幾乎像隻貓一樣安靜無聲。

讓人快活得簡直想要放聲大笑。

粉紅果真不愧是不知道活了多少年的不死生物，隨便拿出來送人的東西都是不得了的寶物，雖然這件衣服的名字實在很怪異，爲什麼要叫做「龍的聖衣」這麼古怪的名字？

這年頭，寶物不都該叫作「亞○蘭○斯之劍」或者是「××女神的祝福」嗎？

話又說回來了，比起「龍的聖衣」這名字，這衣服要吸血才幹活的行爲更奇怪，它吸那麼多血，到底是吸到哪裡去了？

雖然我有點懷疑這件衣服是邪惡生物的一種，不過我的血可是世上最神聖的東西，別說吸一百公克，就是一公克都能讓它原形畢露——不過話說回來了，搞不好它的原形就是一件衣服也說不定？

在下就是一件衣服。

「……？」

我停下腳步，左右看看，屋頂上除了我就是滿天的星星，那剛才那句話是誰說的？難道是我最近失血過多，缺血而引發的幻想症？

在下還沒有吸您的血，等到主上變身解除時，才會付出應付的血液量。

「原來是這樣呀！」我點點頭表示了解：「這樣還挺體貼的，人家穿上衣服就是爲了戰鬥，要是因爲缺血而頭昏站不穩，那肯定會輸得很慘。」

主上您過獎了。

「不用客氣，我說的是眞的，這眞的是挺體……貼的……」

我越講越慢，越講眼睛瞪越大，慌忙地左張右望後，我敢保證周圍會講話的東西只有我自己！

那到底是什麼鬼東西在說話？而且語氣還很有禮貌！

在下是龍的聖衣。

「你是我身上這件黑漆漆的衣服？」我僵硬地低下頭看著酷帥的黑衣銀甲，略有懷疑地說：「那你證明一下？」

請問主上想要在下如何證明？

「什麼主上在下的，這稱呼真奇怪。」我皺眉，說：「你隨便動兩下試試？」

在下遵命。

我才剛聽到「命」這個字，身上立刻就不對勁了，怎麼有種好緊的感覺!?

我慌張地低頭一看，眼睜睜看著自己的腰越來越細，直到瘦成小蠻腰的時候，胸腹間傳來快窒息的感覺，我趕緊大喊：「停停停！我要被勒死啦！我相信你就是龍的聖衣了，快停！」

在下遵命。

我有點感動地看著腰再度膨脹回一個正常男人會有的三十吋腰圍。

「時代真的變了！」我感慨萬分地嘆道。

以前都是寶劍或是寶石這類的東西才會開口說話，這年頭竟然連衣服都會說話了！

下次要買衣服得先試試它會不會隨便說話，否則要是在我房間開起「衣服集會」，那我鐵定會被吵到忍不住把這些會說話的妖魔鬼怪燒光，等燒光以後才想到那些都是用錢買來的，最後，我就會心痛到不優雅而亡。

在下十分地抱歉，在下以後不會再隨意開口說話的。

真是一件聽話而乖巧的衣服呀！我忍不住開口問：「既然你這麼聽話，解除變身的時候可不可以不要吸我血啊？」

在下、在下無法遵命！

果然還是不行，我嘆了口氣，算了，反正這次以後大概也很少用到它吧，就給它吸個血也沒什麼關係。

主上，您的左前方約百公尺有動靜。

什麼？我十分震驚，不過震驚的不是前面有什麼動靜，而是這件龍的聖衣居然還有「自動偵測」功能！我的血果然沒有白付！

朝著龍的聖衣指引的方向前進沒多久後，我就發現所謂的動靜原來還是自家人製造出來的。

這裡是通往王宮大道中途的一座小型廣場，但離王宮還有一段距離，廣場上大約聚集二十來名聖騎士，從他們胸口的火焰圖樣可以看出來，他們是烈火騎士的小隊成員，而且他們的領軍隊長，烈火聖騎士長，也在這裡。

見狀，我連忙趴在屋頂上，以免被眼尖的聖騎士瞄見，被錯當成敵人就不妙了。

這個月應該不是烈火騎士小隊巡邏的日子才對，如果我記得沒錯的話，這個月正是審判騎士小隊巡邏的日子，每逢審判騎士小隊巡邏的月份，城內本就不錯的治安總是會更加好，別說打架鬧事了，就連夫妻小倆口吵架都只敢關上房門小小聲地吵。

這個月以來，唯一的大事只有「死亡的騎士」來鬧場而已，而且那隻「死亡的騎士」能夠鬧這麼久還沒讓審判騎士隊隨手掃掉，這還是因爲大家都有種城內的不死生物就是要留給太陽騎士去對付的默契。

我的疑惑並沒有持續多久，因爲有更震撼的事情，烈火騎士隊在對峙的敵人竟然是——死亡騎士！

不會錯的，就是這個褪色傢伙砍了我一劍，臨走前還丟下一句要回來找我的話，不但害得我差點失血過多去見光明神，更蒙受不白之冤！

但這傢伙是不是好像有什麼地方不太一樣？

我皺著眉頭打量死亡騎士，仍舊是一副褪色樣，但整體來說，似乎比上次黑了一點呀？難道這隻死人還嫌自己膚色太慘白，所以特地跑去做日光浴嗎？

「呵！總算讓我找到你了。」

烈火騎士的一聲冷笑拉回我的注意力，我簡直不敢相信烈火這傢伙居然會冷笑？他不是一向都大大剌剌的，動作舉止粗獷得活像隻大猩猩，他的笑法除了大笑就是狂笑才對。

難道，烈火也是個表裡不一的傢伙？

我還以爲他是十二聖騎士長中最名符其實的一個，畢竟打從我幼年開始太陽騎士的學習生涯時，就認識溫暖好人派的六名未來聖騎士長了，其實我們都很清楚彼此一開始的時候是什麼個性。

暴風小時候是個很害羞的孩子，據說他光是要學會跟女孩子拋媚眼而不臉紅，就讓他老師花了三年的時間。

綠葉從小就是個善良的乖寶寶，又經過如何成爲好人的教導過程，估計這世界上沒有幾個比他更好的好人了。

大地那傢伙就不一樣了，他從小就叛逆，很不喜歡守規矩，他的老師不知道花費多少工夫才讓這傢伙至少學會表面上的誠懇老實，但也就只能到此爲止，內裡沒眞正變過！

而烈火從小就像隻野猴子，根本不須學習烈火騎士長該有的個性。

至於殘酷冰塊組那邊的聖騎士長則是到十三、四歲左右才漸漸有所接觸，那時候，大家都經過三年的摧殘——咳！是學習。

所以，殘酷冰塊組的六名騎士長原本是什麼性子，我就不太能肯定了，只是或多或少從審判騎士那邊聽過而已。

「就是你這垃圾砍傷太陽，讓我差點害死他！」

烈火反手抽出背後揹的雙手大劍，怒得雙眼發紅，彷彿連頭髮都要豎起來。

聽到這話，我才明白原來烈火是因爲我的事情在發火，所以才表現得這麼反常。

烈火從小就特別地崇拜我，論聽話的程度完全不輸給綠葉，但他和綠葉不同的是他只聽我的話，其他人的話就像耳邊風，沒反著幹就不錯了，直到現在，我都不明白爲什麼他會那麼崇拜我，或許是因爲被他的老師灌輸太多類似「十二聖騎士就是要聽太陽騎士」的話吧。

「我……不是……垃圾！」

死亡騎士用暗啞的聲音嘶吼，身周的黑色氣息猛然大漲，他手上那把劍原本造型簡潔，如今卻大變樣，劍刃不用說，鋒利得足夠碎肉斷骨，而劍柄扭曲尖銳，看起來不小心就會刺傷持劍者，隱約還可從中看出痛苦的人臉，整把劍變得猙獰可怖。

這下不妙，烈火八成踩到死亡騎士的痛處，讓他抓狂了。

我不禁懊惱，剛才怎麼就忘記問粉紅，死亡騎士的那把劍是不是她的東西，有沒有什麼特殊功能。

更不妙的是，烈火的劍術還沒有寒冰高，絕不可能打得過死亡騎士。

幸好，烈火沒傻得和死亡騎士單打獨鬥，他只一揮手，訓練有素的騎士隊就團團包圍住死亡騎士，其中兩名聖騎士走進包圍圈，和烈火一同站成三角形陣式，將死亡騎士包圍在正中央。

幹得好！我在心中暗暗叫好，先是用大部隊形成包圍圈，以免死亡騎士像上次一樣打不贏就逃跑，同時也是爲了保護周圍民眾。

雖然現在廣場上沒有圍觀民眾，這八成是被烈火小隊先驅散了，眞正危險的戰鬥可不能讓民眾圍觀，但周圍卻有不少民房，這些民房對死亡騎士來說和紙紮的沒兩樣，若是他打破牆壁，挾持裡面的民眾，那事情就糟糕了。

雖然我讚美烈火的處理方式，不過死亡騎士卻被此舉激得更加憤怒，他雙眼的黑暗火焰狂亂焚燒，嘴中不停低吼：「無恥，你卑鄙無恥！你不配當聖騎士！」

聞言，我皺了皺眉頭，這死亡騎士是不是和我們聖騎士有什麼關聯？

一般人看到不符合道德正義的行爲，應該會說這不符合「騎士」的行爲，而不會特地指明不符合「聖騎士」的行爲才對，因爲除了忠誠的對象不同外，騎士和聖騎士的行爲準則並沒有太大的不同，可以說，聖騎士就是騎士的其中一種分支而已。

烈火生性火爆，被死亡騎士一罵，不甘示弱地大吼回嘴：「你才不配當個死人，死人就該永遠閉上嘴！我們上！」最後一句是給兩名烈火騎士隊員的命令。

烈火命令下完，他自己就衝上前去和死亡騎士打起來，後頭兩名騎士隊員似乎也很習慣自己長官的橫衝直撞，立刻跟著縮小包圍，同時支援烈火的戰鬥。

雖然看起來這三人圍攻死亡騎士還隱隱落於下風，不過我倒不是很擔心，就算烈火加上兩名騎士隊員打不贏這傢伙，旁邊也還有二十名聖騎士隊員呢。

我就不相信區區的一個死亡騎士能夠打贏整支烈火騎士小隊，畢竟會被選來跟在十二聖騎士長身邊的聖騎士，個個都是聖殿中的菁英。

才剛這麼想而已，底下的烈火已經又招呼上兩名聖騎士，五人以烈火爲主，默契十足地和死亡騎士纏鬥起來。

見狀，我更加放心了，雖然烈火正在氣頭上，但顯然沒有失去冷靜，仍然做出最好的處理方法，發現對手實力高強就不躁進攻擊，而是選擇和屬下一起與對方纏鬥，慢慢地制伏死亡騎士。

「無恥、無恥、無恥！」

死亡騎士好像突然口吃了，不停重複唸著這幾個詞，同時他好像變得更黑了，圍繞在他身周的那股黑暗氣息越來越濃厚。

烈火似乎並沒有發覺死亡騎士的不對勁，這股黑暗氣息的微妙變化八成只有我這個屬性是百分百神聖的太陽騎士感覺得出來，這可糟糕了，得找個辦法警告烈火。

想來想去，我不如乾脆加入戰局吧，頂多再找空檔逃跑就是了。

抽出我的太陽神劍——我哪來的太陽神劍啊！根本沒帶出門！我只好在身上東找西看，身材眞是不錯……咳！總之，身上穿著黑色緊身衣，怎麼也看不到可以藏武器的地方。

難道要赤手空拳地加入戰局？那烈火搞不好還會嫌我礙事，叫我滾一邊喝奶去。

主上，在下可以提供武器。

「眞的嗎？」我高興地伸手：「那快給我啊！」

主上，在下有義務提醒您，武器需要以一百公克的血液交換。

「你是黑店嗎？跟你要把武器還要吸我血。」我震驚：「不對！你是件衣服，可惡啊！你這件『黑衣』！」

主上，在下的確是一件黑衣。

跟件衣服講不通呀！我苦惱，雖然不想再失血，但看場中情況眞心不妙，死亡騎士在被圍攻的情況之下，增添不少傷口，但他身周的黑暗氣息也隨著傷口的增加而變得更加濃烈，在我眼裡簡直都快成一灘墨水了！

就連烈火都發現不對勁，他的神色驚疑不定，不過似乎完全沒有打算撤退。

這隻大猩猩都把我平時的警告聽哪裡去了？我不是說過，寧可撤退不可硬撐嗎？

沒辦法了，我只好對衣服吼：「快給我武器！」

在下遵命。

龍的聖衣才剛回答完，我的腰間突然有點癢，手一摸，果然摸出一柄劍，總算有武器了，我立刻抽出那柄劍——

「幹！這是啥東西？拆信刀嗎？」

主上，這是折劍匕首。

「折什麼鬼？」

我難以置信地看著手上這柄劍，不！是這把匕首，這把精緻的小東西大概只有我的手肘到指尖長，其中又有四分之一是劍柄，活像一把小孩子的玩具，唯一的優點是刀身厚度十足，看來十分堅固，刀背還是一格格的深鋸齒狀，也不知道是幹什麼用的。

折劍匕首，短小可用於暗殺，若是暗殺失誤，也可利用刀背的鋸齒來折斷對手的劍後逃亡。

「解釋得不錯，不過現在我又不是要搞暗殺！」

就算我想暗殺，但死亡騎士可不是用短劍戳一劍就會死的東西，好嗎？再來，死亡騎士手上的那柄劍恐怕就是拿鐵槌去打，都沒辦法敲斷它，更何況是這把拆信刀！

「有沒有普通的劍？就是刀也行啊！」

主上，在下是刺客裝，沒有戰士用的武器。

「這年頭連一件衣服都講究分門別類啊！」

我十分地感慨，低頭看著「折劍匕首」，拿這東西去和死亡騎士打？我簡直要哭了，問：「眞的沒有別的武器嗎？」

有的，飛鏢需一百公克血液，繩爪需一百五十公克血液……

「當我沒問。」

是。

我嘆了口氣，重新思考策略，與其拿著拆信刀加入戰局，不如乾脆恢復成太陽騎士的模樣，用神聖屬性的血和拿手的神術來幫助烈火會更好。

反正今天肯定無法達成原本的目的，我怎麼也不可能放著烈火不管，轉頭去抓傑蘭伯爵三子。

我正要跳下屋頂，找個暗處恢復原本裝扮的時候，情況突變，圍繞在死亡騎士身周的黑暗氣息從散亂無章，逐漸朝中央聚攏，最後形成黑色漩渦，而死亡騎士就是漩渦之眼，不斷將周圍乃至於全城的污穢黑暗之氣都吸入他體內。

見狀，我想都不想就把折劍匕首往自己左手心一劃，刀身沾滿神聖屬性血液，我跳下屋頂，一邊朝著死亡騎士衝過去，一邊給自己加上神翼術和聖光護體，心中只剩下一個念頭——

絕對不能讓他成爲死亡領主！

這時，小廣場上的黑暗氣息已經濃烈到足夠讓一些意志不堅定的人舉劍自盡，甚至連意志堅定的聖騎士們也是個個臉色蒼白，行動困難，只有烈火騎士還能保持常態。

「無恥之徒！」死亡騎士吸收著黑暗之氣，朝烈火騎士走過去，眼中的火焰已經從褪色的紅色變成灰黑色，等到他變成眞正的死亡領主時，就會是純黑色了。

「烈火聖騎士長！」

烈火小隊的聖騎士們見死亡騎士朝著自家長官走去，紛紛艱難地移動腳步，想要突破黑暗漩渦，前去救援自家小隊長。

「走，你們留下來也沒屁用，快去通知聖殿。」

烈火卻不領情，惡狠狠地吼聖騎士們，下令讓他們快走。

「不行！烈火聖騎士長，要走也是您先走！」聖騎士紛紛大喊起來。

烈火氣得半死，暴躁地說：「算了，一起走！」

死亡騎士突然舉起劍。

「打不過……就要逃走嗎？你們這些無恥之徒……一個都……走不了！」

漩渦狀的黑暗氣息突然散開成一大片，迅速地朝外延伸，最後就像一層巨大的蛋殼，將這個小廣場牢牢地包圍起來。

即使會因此延遲成爲死亡領主，他也不打算讓這支聖騎士小隊逃走。

第一個目標便是這支小隊的首領，烈火騎士。

烈火舉著雙手大劍，劍上附著的淨化之火在漫天漫地的黑暗氣息之下，搖墜如燭火，隨時有熄滅的危險。

對付不死生物並不是烈火騎士的專長，他的淨化之火是幽靈的剋星，幽靈和不死生物聽起來似乎頗爲相似，但其實完全不是同一種東西，最大的區別就在於，幽靈是沒有實體的，但不死生物卻至少有一副臭皮囊。

淨化之火對於靈魂是「火到靈除」，但只要有一副臭皮囊阻隔，淨化之火的效果就會差很多，雖然不死生物也討厭淨化之火，卻沒有像幽靈那麼恐懼。

不死生物一直都是太陽騎士的專門業務！

我舉著匕首悄悄地靠近對峙中的雙方……

「誰？」死亡騎士卻立刻朝我的方向看過來。

該死！本來想搞個偷襲，但我身上的神聖屬性在這團黑暗氣息之中完全格格不入，對死亡騎士來說，我大概就像黑夜中的火把一樣明顯，根本就躲不住。

我乾脆二話不說就開始攻擊死亡騎士，順便對烈火那邊表明，我是他們那一方的。

死亡騎士似乎沒有把我看在眼裡，但我原諒他，要是我遇上這種拿著匕首，卻不乖乖搞暗殺，直接正面衝臉的傢伙，我也不會把他看在眼裡啊！

當我對死亡騎士刺出第一刀的時候，他甚至還處於呆滯的狀態。

混蛋，居然這麼不把我看在眼裡，你以爲我願意拿匕首和你正面衝突嗎？我這個全神聖屬性的太陽騎士，在你這種死亡騎士面前，比天上的太陽還亮啊，根本就不可能暗殺，除了拿匕首「明殺」，難道我還有別的選擇嗎？

我氣憤地一刀揮過死亡騎士的胸口時，他的胸前立刻發出一陣煎魚的滋滋聲，他也痛得低吼數聲，揮劍擋開我的第二次攻擊。

死亡騎士卻沒立刻反擊，而是看著我，說：「果然是你。」

他認出我是太陽騎士了嗎？真糟糕！我可不想被烈火和他身後的聖騎士發現堂堂的太陽騎士居然穿著黑色緊身衣，染著黑中帶銀的怪髮色，甚至愚蠢到捨棄太陽神劍，拿著暗殺用的匕首和不死生物正面對決。

我總不能開口澄清說，冤枉啊！本來我是要去搞綁票的，所以只帶把匕首上路，拿不出太陽神劍。

「你是太——」

死亡騎士開口說到一半，我立刻大吼打斷：「沒錯，就是我！我就是專門獵殺死亡騎士，在大陸北邊有名聲，在大陸的南邊也有出名的太……太龍！」

「太龍？」烈火愣了一愣，轉頭問旁邊的聖騎士：「你聽過太龍嗎？」

二十來名聖騎士默契十足地齊齊搖頭。

「太龍？」死亡騎士被我臨時亂編的稱號弄得一愣，更有點迷糊地說：「你不是太……陽……」

我趕緊大吼：「納命來吧！你這個死亡騎士，遇上我這個死亡騎士殺手，你死定了！」

「話說死亡騎士早就死了吧？」烈火在一旁碎碎唸：「而且大陸上有那麼多死亡騎士可以獵殺嗎？」

「死亡騎士，我們速戰速決吧。」

我冷冷地對死亡騎士下戰帖，深怕在這個地方待得太久，太陽騎士的眞實身分就呼之欲出了，我可不希望自己留給後世的名聲是「有特殊變裝癖好的太陽騎士」。

我倒不是眞的在乎名聲如何，只是怕被我那個有「最強太陽騎士」稱號的老師發現他居然教出「有特殊變裝癖好的太陽騎士」，那估計光明神殿要掩飾的醜聞就會多一樁了。

「驚爆！太陽騎士殺太陽騎士！」

可不是個神殿會想看見的頭條版面。

不知是不是我的錯覺，但死亡騎士一聽見我要和他速戰速決的這句話後，反應卻是有些遲疑，然而他看了烈火那方向一眼後，又冷冷地回應：「正合我意。」

這傢伙的反應眞不合常理，一般來說，死亡騎士遇上自己的執念，應該會激動到失去理智才對——至少，我讀過的「不死生物的基本認識」教科書是這麼說的，但他遇見我後反倒有恢復理智的傾向。

但我沒有思考的時間，死亡騎士說完「正合我意」後，馬上就展開攻勢直衝過來。

我丟出一顆光明球阻擋，這是最初級的魔法，主要功能是照明，沒有殺傷力，但在黑夜中突然爆亮，加上不死生物厭光的特性，阻擋一下是夠了。

他果然被這光明球弄得目盲，甚至不得不用手臂遮擋光線，而我就趁這個機會，在神翼術和龍的聖衣雙重加速下，瞬間衝到死亡騎士跟前，這種速度真是驚人，估計就是審判騎士那種強人都會來不及反應。

死亡騎士果然措手不及，雖然不用依靠眼睛，他也能感受到我身上的神聖氣息，不過那畢竟只是大概知道方位而已，根本不可能精準判斷出招，我的左手先在他胸口虛晃一招，將他的防禦引到胸口時，緊接著身形一矮，折劍匕首立刻朝他的膝蓋刺去。

對方是個死亡騎士，哪怕真擊中要害，例如心口，最多就是讓他胸口凹個洞而已，對普通人來說這是致命傷，但死亡騎士都死得不能再死了，胸口多個洞，他搞不好還覺得比較通風咧！

而攻擊膝蓋這種部位，膝關節的損傷能確實影響死亡騎士接下來的打鬥動作，即使我打不贏他要逃走，也不須擔心烈火他們會不會被死亡騎士幹掉了。

死亡騎士痛吼一聲後，他的視力已經恢復，但我早就做好準備，先閉上眼，又放出一顆光明球，再趕緊退開一大段距離，最後在我和死亡騎士中間放一灘油膩術作最後的保險。

「吼！」

死亡騎士大概沒想到有人會一招用兩次，而且這一次，光明球還是直接在他眼前爆開，光看他嘶吼的樣子就知道眼睛很痛！

真是刺激得要命！我的心臟都快跳出來了，這計謀是在剛剛移動的時候，我發現自己竟然有這麼快的速度，這才臨時計畫的，如果移動速度不夠快，或者施法速度太慢，使用這招，包准在閉眼放光明術的那步驟，就直接被死亡騎士幹掉了。

「這穿黑衣的傢伙真夠卑鄙！」

烈火在一旁說我壞話也就算了，居然還大聲到讓我聽見，他完蛋了他！

其中有名聖騎士像是領悟了，開口說：「我明白了！原來太龍是……」

糟糕！不會被發現我是太陽騎士了吧？

聖騎士們異口同聲地說：「魔、法、刺、客！」

我差點滑倒，上次是魔法劍士，這次又變成魔法刺客了？

混蛋！我只是個穿刺客裝用魔法的聖騎士好嗎！才不是那種又學魔法又當刺客的怪異職業！話說回來，真有魔法刺客這種職業嗎？

糟！一時注意力被烈火他們引走，結果死亡騎士竟然已經朝我衝過來，我正想逃開，但周圍的黑暗氣息卻猛然包圍上來，死亡騎士的速度之快，我根本來不及做出太多反應，在沒有太陽神劍的狀況下，不用唸咒語的聖光法術都似乎突破不了這麼濃重的黑暗氣息……

眼看我就快被狂怒的死亡騎士分成八大塊，這時，腦海中突然浮現唯一能救命的一招，這周圍有這麼濃厚的黑暗之氣，如果用那招的話，根本不用唸咒語……

「骨牢！」

一道以骨頭架成的簡陋牆壁阻隔在我和死亡騎士的中間。

我用了！啊啊啊！我眞的用了粉紅教的死靈法術！

天啊，我變成死靈法師了啦！不行，身爲光明神聖的太陽騎士，我絕對不能再使用這種邪惡魔法……

啪喀！

死亡騎士揮兩劍，骨牢搖搖欲墜，眼看第三劍就能把骨牢劈成一堆碎片。

「骨牢！骨牢！骨牢！」我一口氣架上三道骨牆。

「不對！」烈火震驚地吼：「那個太龍居然是……」

糟了！眞不愧是和我同爲溫暖好人派的烈火，恐怕他已經從我的動作認出我就是太陽，這下要想辦法堵住他的嘴——

「是死靈刺客！」

「……」

我突然有種想自暴自棄的感覺，正巧這時死亡騎士攻勢連連，三道骨牢都快破得差不多了，本來還不知道接下來該怎麼辦，現在索性趁著死亡騎士還在劈骨牢的時候，我唸出咒語聚集大量的聖光，濃厚的聖光不但逼退周圍的黑暗氣息，也逼得死亡騎士不得不退開十幾步。

這下，他們總該知道我不是什麼魔法刺客或是死靈刺客了吧！

「都不是！」烈火和所有聖騎士異口同聲地說：「原來太龍是聖……」

喔喔！總算發現眞相了，雖然可能猜不到我是太陽騎士，不過至少知道是個聖騎士吧？我有種欣慰的感覺。

「聖刺客！」

噗嗤！

我面無表情地看到死亡騎士都忍不住笑出來的場景，眞是光明神的神蹟啊！我們的聖騎士居然讓滿心仇恨的死亡騎士都笑了。

我對那群蠢蛋大吼：「聖刺客個頭！難不成光明神除了養聖騎士，還有養刺客不成？混蛋！我就是你們的太陽騎士啦！」

可惜，上面那句話純屬我內心的吶喊，除非想被我的老師親手送去給光明神重新教育，否則就只能在心裡想想。

烈火轉身對二十來個聖騎士喊：「好啦，我們看熱鬧也看太久了，雖然不知道那個黑衣傢伙是誰，不過應該不是敵人，我們上去和他一起打敗死亡騎士。」

「喔！」聖騎士們精神亢奮地高喊。

我點了點頭，我、烈火，再加上這些聖騎士們，應該可以留下這隻死亡騎士。

這時，死亡騎士突然把黑暗氣息全數轉移到我和烈火他們之間，成功地將雙方隔開來。

剩下我獨自面對死亡騎士，這下慘了！我正想再複製上一次的攻擊，架骨牢後唸咒施展聖光，驅散這些黑暗氣息時，死亡騎士卻先一步開口說了句意料外的話。

「格里西亞，你變強了，這很好。」

冷不防聽見自己的名字，我僵住了，雖然說我的眞名並不是什麼祕密，但眞的太少人會用這個名字叫喚我，難道這名死亡騎士眞的認識我？

「格里西亞，如果你沒選上太陽騎士，當祭司也很好啊！那你以後就可以幫我療傷了。」

死亡騎士說出這句和現在情況完全不搭嘎的話。

聽見這句熟悉的話語，我很震驚，這時才眞正仔細端詳死亡騎士的臉孔，雖然他的臉色是灰白的，眼瞳還是火焰狀，但這張永遠神情認眞的臉孔，以及習慣性緊抿的唇線都是那麼熟悉，我終於確定他是誰了。

或者應該說，他生前是誰。

「羅蘭？你是羅蘭？」我簡直不敢置信，怎麼會是羅蘭呢？羅蘭，那個曾經和我競爭過太陽騎士位子，劍術估計有我三倍高明的棕髮小騎士，現在卻成了死亡騎士。

「你還記得我。」羅蘭露出一抹頗欣慰的淡笑。

這抹淡笑更讓我肯定他就是羅蘭！我還想仔細問他，他怎麼會變成死亡騎士，周圍卻突然傳來吵鬧的聲音。

「審判！快，就在這邊！」

羅蘭也注意到了，他轉身就要走，卻又遲疑地回頭望我一眼，帶著點忌憚，彷彿不確定我會不會出手。

我在心中拚命吶喊：攔下他！就算打不贏他，攔下他也是件很簡單的事情。

審判騎士長很強，這個月又是審判小隊巡邏，他勢必帶著審判小隊，再加上烈火和他的烈火小隊，就算我不插手，他們也一定可以將死亡騎士格殺於此！

我是太陽騎士，不管眼前的死亡騎士是誰，都是我的敵人。

這時，我已經可以從黑暗氣息中隱約看見審判騎士等人的身影了。

羅蘭再也無法停留，他轉身就逃走，後背並沒有防備。

我只是呆立在原地，看著死亡騎士的背影越跑越遠，最後，自己也轉身逃離，以免被審判逮個正著。

我是太陽騎士。

但我也是格里西亞，如果太陽騎士必須秉持憎恨不死生物的原則，消滅這名死亡騎士，沒有別的選擇，那至少，我能選擇消滅他的方法。

羅蘭，我發誓會找出虐殺你的人，爲你復仇。

太陽騎士守則第八條

「穿斗篷時不要做出鬼祟行為。」

格里西亞，如果你沒選上太陽騎士，當祭司也很好啊，那你以後就可以幫我療傷了。

我猛然從床上坐起來，感覺睡了比沒睡還累，將臉埋在雙手間，深嘆一口氣。

作了個夢，並不是惡夢，只是一些好久沒有想起來的回憶，還有一張許久不見的認眞臉孔。

羅蘭一直是個很認眞的傢伙，連安慰人都是一副認眞臉孔，他是眞的很認眞地觀察我的能力，然後幫忙盤算另一種出路，而我當時也眞的打算照羅蘭說的去做，沒選上太陽騎士就去神殿應徵祭司。

當不上太陽騎士，那成爲他身邊的祭司也不錯，尤其這太陽騎士是羅蘭的話，那就更好了。

我和羅蘭是在聖殿選拔太陽騎士的測驗中認識的，當候選人剩下最後十名的時候，個個都像是敵人，互相敵視彼此。

但我和羅蘭卻很要好。

羅蘭很強，是最有希望當選的人之一，而我的劍術卻是所有人中最差的，要選上太陽騎士估計只有期待出現神蹟吧！

也只有這種最可能和最不可能的人選，才能在那種互相競爭和敵視的環境中，成爲一對好朋友吧。

只是我倆的友誼在最後那一天破滅了，當太陽騎士說出決定選擇我當他的學生……

小時候的我既驚嚇又茫然，走到現任的太陽騎士面前，甚至都還覺得對方會開口說一句「開個玩笑而已，眞正選上的人是羅蘭」，但太陽騎士顯然沒有開玩笑的意思。

「爲什麼選我？」

我根本就沒有想過自己眞的會被選中！

「這個嘛，或許是因爲你的金髮很漂亮。」

太陽騎士，也就是我的老師，當時用不怎麼認眞的語氣笑著回應。

聽到這回答，我眞是心涼了一半，總覺得自己似乎是用不正當的方法獲勝，但……我就是說不出要放棄，說不出「要把位子讓給羅蘭」這種話。

我也想當太陽騎士，很想很想！

當我接過老師手中象徵性的聖騎士服裝，再回頭的時候，羅蘭已經轉過身離開，我看不見他的表情，而他走得很快，彷彿一點留戀都沒有，甚至沒有過來跟我道別，不過就當時那種情況，他不過來砍我就已經是萬幸了，金髮很漂亮算什麼贏的理由？其他候選人都是一副想用眼神把我燒成洞洞人的樣子！

「你恨我嗎？羅蘭。」我的臉埋在雙手間，喃喃：「因爲你恨我搶走太陽騎士的位子，所以才回來找我嗎？」

「但你又是怎麼死的？你可是羅蘭啊，十歲就可以打敗大人的羅蘭……」

我想起傑蘭伯爵的三子，再想到這事情有可能是大王子殿下幹的，一切就明白了，哪怕就是羅蘭再強，也不可能單槍匹馬鬥贏一個國家的統治階層。

就算是太陽騎士，也不可能直接槓上一個國家統治者，除非那個國家選擇和光明神殿作對，挑起一場國家和神殿之間的戰爭。

但聽說，我好像剛剛才發下要幫羅蘭復仇的願望？

唔！先把事情調查清楚，過後再來思考怎麼復仇好了。我有點鴕鳥心態地想。

說到要調查王室的事情，那肯定得要去找暴風騎士長，他一天到晚在拋媚眼，還時常與貴族公子兒談論風流韻事，肯定知道不少祕辛。

立刻行動！

我只花一分鐘來梳洗外加整理儀容，然後衝出臥室，滿聖殿找暴風騎士，終於在某條走廊攔下暴風，他手上還抱著一疊高過頭的公文。

我毫不遲疑地說：「暴風兄弟，可否幫太陽一個忙。」

「我可以拒絕嗎？」

暴風掛著濃重的黑眼圈，再看看他手上那疊公文的高度，八成因爲他是自由自在的暴風騎士，不得不蹺掉開會，結果因爲我休假而多出的工作，就照往例地全被堆在他頭上。

「這是來自十二聖騎士之首的命令。」

「……你說吧。」

「請幫太陽調查貴族中，哪些人有虐待人的嗜好，願光明神原諒這些走入迷途的羔羊。」

「如果是這種簡單問題，那我不用調查就可以告訴你，有八成左右的貴族都有這種嗜好。」

暴風邊說邊送來好幾個大白眼。

「這麼多？」我有點愕然，難不成虐待是貴族的基本技能？

「當然，他們是貴族嘛。」暴風嘲諷地說。

「那……其中可有更加迷途之人，不只走上虐待之路，更有虐殺這等光明神不容的嗜好嗎？」

聽到這問題，暴風怪異地看了我一眼後，還是認眞地回答了：「沒人會眞的說他有虐殺的嗜好，不過如果太陽你眞的想知道的話，倒是有很多未經證實的傳言。」

「說說吧！」我慫恿著暴風。

我本來以爲可能只有幾個人，但暴風卻一口氣說出十幾個名字來。

「……傑蘭伯爵，還有，國王陛下也有這種傳言。」

聞言，我有點躊躇，但還是開口問：「那大王子殿下呢？」

「大王子？我倒是沒聽說過大王子殿下有這種嗜好，在貴族中，他算是相當潔身自好的。」

暴風聳了聳肩後補充：「當然，也有可能是因爲他的保密功夫做得比較好，雖然大王子性格溫和，乍看挺好欺負，不過他絕對是扮豬吃老虎的角色，不然也不可能把國王壓制得死死的，這點你應該比我更清楚才對。」

我更進一步地逼問：「意思就是說，如果大王子眞的虐殺人，你也不會感到驚訝囉？」

暴風更奇怪地看了我一眼，但還是點頭同意。

我有點沮喪地點頭：「沒事了，祝福你感受到光明神的慈愛，我的暴風兄弟。」

暴風點點頭，離去後，我還聽到他傳來的喃喃自語：「奇怪，今天太陽說的話還眞直白，讓人一聽就明白，完全不用浪費腦力思考他到底在說什麼，眞是不可思議！」

我一邊閒晃一邊思考，雖然暴風說出的嫌疑人有十幾個，不過我已經證實事實和傑蘭伯爵的三子有關，對方效忠的人是大王子殿下，那嫌疑人應該就可以縮小爲傑蘭伯爵、大王子殿下和國王陛下。

而我之所以不懷疑傑蘭伯爵三子本人，是因爲他還帶著兩名騎士去棄屍，騎士都很重視名聲，如果事情眞是他幹的，他最多自己悄悄地去棄屍，而不會讓另外兩名騎士知道他幹下虐殺這等事，要知道他效忠的人可是重視名聲的大王子殿下，他絕對不會希望事情暴露到大王子面前。

不過話又說回來了，會不會是這三個人一起幹的？

「不！」我立刻打翻這番假設：「羅蘭太強了，他不可能被那三個騎士制伏。」

「看來你似乎調查得有眉目了。」

我嚇了一跳，轉過身才發現原來審判騎士長已經站在後方。

「『羅蘭』是那名死亡騎士的名字？」

審判緊盯著我，似乎能從我的眼神中得到答案，我開始體會爲什麼他總是能讓犯人說出眞相了。

眞不愧是審判，才聽到這麼沒頭沒尾的一句話，竟然就推論出羅蘭等於死亡騎士了。

「你認識那名死亡騎士？但我從未聽你提過這個名字，所以是很久以前認識的人？」

唔！我什麼都還沒說吧？是吧？怎麼感覺審判什麼都知道了啦！好可怕啊！

「昨天烈火遇上死亡騎士，還有一個全身穿黑衣的人……」

說到這裡，審判又看了我一眼，然後說：「你好像不是很驚訝？已經知道這個消息了嗎？但是，十二聖騎士剛開完會，烈火他還走在我後方，你應該沒聽他說過才對。」

「……」估計我不用說半句話，審判自己就能在一分鐘後推論出所有答案吧？

大約是看我沒有回答的意願，審判不再逼問，只是繼續跟我說明開會決議的內容。

「根據烈火敘述的情況，那名死亡騎士似乎快要進階成死亡領主了，所以我打算出動聖殿一半的人手在城中搜尋他，教皇也答應派來神殿半數祭司協助搜尋，光明神殿絕不容許死亡領主誕生。」

那羅蘭肯定只有上火刑柱的下場！

我壓下著急的心情，擺出許久沒展露的太陽騎士威嚴，略帶不滿地說：「不死生物是太陽負責的範疇，審判騎士長，你似乎有些逾矩了。」

「十分抱歉，太陽騎士長，我以爲你在休假，而死亡騎士之事卻拖不得，所以只能代爲指揮，若你要取回指揮權，那請先取消休假，提醒你，你還有兩天時間調查眞相。」

審判十分平靜地回答，說完兩天時限後便要離開，只是當他走過我身邊的時候，卻低聲對我說：「從小到大，我被你強迫逾矩的行爲還少了嗎？幫我戰鬥、幫我調查、幫我打那個欺負我的人，這些要求到底是誰提出的呢？」

呃，好像是「年輕不懂事的我」提的。

「不管羅蘭是誰，絕不能讓死亡領主誕生，這應該是你的原則吧，太陽騎士？」

「是，這是太陽的原則。」我點點頭承認，只是格里西亞也有他的原則而已。

聽到我的回答，審判終於點了點頭後離去。

這下時間緊迫了，出動聖殿聖騎士和神殿的祭司互相組隊，再分配調查區域，差不多需要半天時間，在這半天內，我一定得找出羅蘭在哪裡，然後把他藏到粉紅那裡去。

我有種信心，粉紅肯定能把羅蘭藏得妥妥當當，誰都找不到他。

以我對黑暗氣息的感應能力，在半天內查出羅蘭在哪裡，應該不是難事，只要那傢伙不要躲在太奇怪的地方就好。

我回房帶上太陽神劍，穿著避人耳目的斗篷，離開聖殿後直接走去全城的中心位置，也就是最大的中央廣場，然後偽裝成一名走累的旅人，坐在中央噴水池的池邊休息。

在斗篷底下，我抱住太陽神劍，全神聖屬性的太陽神劍可以讓我對黑暗氣息更加敏銳。

閉上雙眼，感受葉芽城中的黑暗氣息，雖然每座城必定有黑暗之處，每個人都帶著點黑暗屬性，但那都是極少量的，城市和普通人一樣，常常充斥著各式各樣的屬性。

只有修習特殊能力的人才會有某種屬性特別高的情況，譬如學習火屬性魔法的魔法師，他體內勢必是火屬性偏高。

透過感知屬性，我幾乎可以猜出第一次見面的人，他的戰鬥職業到底是什麼。

幸好，這種感知屬性的能力並不普遍，甚至可以說是一種天賦，雖然可以學習，但後天學習提高的程度有限。

我有這種能力的事情，只有我的老師知道，而老師也嚴重警告過我，不准告訴任何人這件事，同時非到必要，也不准我用這種能力。

因爲這種能力太過可怕，每個人的屬性構成都不太相同，而且短時間內不太會變化，等於我一旦記住某人的屬性，就可以掌握他的行蹤。

我還能看清這人的職業，他有沒有帶著魔法物品，甚至是魔法物品的屬性。

要是讓別人知道我有摸清他底細的能力，絕對不是什麼好事。

自從我成爲太陽騎士後，感知能力就變差了，因爲自身的神聖屬性太過強烈，嚴重干擾我感受其他的屬性，但只有一種屬性，我的感知反而變強了，那就是和神聖完全對比的黑暗屬性！

城中的確有著許多黑暗屬性，但量還不算太多，比起其他城市，葉芽城畢竟是光明神殿的大本營，民眾崇尚光明。

我把感知不斷擴張再擴張，從中央廣場外圍的街道開始，四面八方地延伸出去，巡過黑暗的街角、破舊的老屋、堆滿糧草的馬房等等，但仍舊找不到羅蘭的蹤影，他到底躲到哪裡去了？

他的黑暗氣息那麼強烈，沒道理會找不到的。

難道……我有點疑惑地看向背後，不遠處就是葉芽城最重要的所在地，王宮。

王宮說是最黑暗的所在也不爲過，雖然裡面有不少充滿忠誠和美德的騎士，但更多的是內心烏漆墨黑的貴族，光聽暴風說八成以上的貴族都有虐待的嗜好，就可以知道王宮肯定是葉芽城最污穢的所在地。

在我的感知中，整座王宮根本都是一大團黑暗氣息，如果羅蘭眞的藏在裡面，那的確不容易引起我的注意。

眞不想把感知伸到那團黑漆漆的東西裡面去啊！我在心中哀號，但到處都找不到羅蘭，也只剩下那裡了。

再度閉上雙眼，我心不甘情不願地把感知伸到王宮裡去……

過不久，我再度張開眼睛，奇怪了，好像也不在裡面？

難道羅蘭已經出城了？那倒是件好事，這樣光明神殿就找不到他了。

「難道，太陽騎士的職責就是在廣場中發呆嗎？」

「當然不是，我可是很忙的！」

我反射性地否決對方，隨後一僵，這是誰認出我了？我連忙抬頭朝聲音來源看，卻立刻呆愣住了，眼前這人竟然就是讓我遍尋不著的羅蘭！

羅蘭站在我跟前，他幾乎和小時候沒什麼兩樣，只是整個人拉長長壯了而已。

他身形修長，臉孔雋朗，神情永遠都很認眞，光是站在那裡，就會讓人覺得這傢伙不好惹，哪怕是笑起來，也給人一種莫名的壓迫感，不過很少人會討厭羅蘭的壓迫感，他是那種天生的領導人，讓人心甘情願地爲他效力。

不過最讓我驚訝的是，羅蘭現在看起來就像個人！完全不是之前那個褪色的模樣，如果他一開始就用正常人的外表出現在我眼前，我肯定第一眼就可以認出他是羅蘭，哪怕從小時候分別後就沒見過面。

我呆呆地問：「你復活啦？」

說完，我就想打自己一巴掌，都已經死到變成死亡騎士了，還怎麼可能復活呢！

「不，我當然沒有復活。」羅蘭卻是十分認眞地回答我，然後禮貌地詢問：「我可以坐下嗎？」

「喔，可以啊。」我現在腦中一片混亂，閃過一大堆疑惑，既然羅蘭沒有復活，那爲什麼是一副人類樣？難道現在的他是我的幻覺嗎？

羅蘭在我旁邊坐下來，對我笑說：「格里西亞，你還是和以前一樣，遇到難題就喜歡坐在廣場之類的地方發呆。」

那是因爲我在用感知屬性的能力，才不是發呆呢！

「你怎麼會是這個樣子？」我還是忍不住問出口了。

羅蘭舉起左手，我立刻注意到他中指上的戒指，羅蘭可不是會戴裝飾品的人，尤其當這只戒指還是粉紅色愛心形狀，還一看就知道是不值錢的假貨時，我更相信這只戒指一定有什麼毀天滅地的特殊功能，才能讓羅蘭下定覺悟戴上它。

羅蘭似乎也知道戒指的造型不適合自己，輕咳一聲：「這是粉紅給的生命戒指，可以讓我保持人類的假象，只要用聖光就可以輕易掃掉這個幻象。」

「我看得出來那是粉紅的戒指，你那把劍也是粉紅給你的吧？」

想不到這活像是小女孩扮家家酒用的戒指居然有這種功能，下次去粉紅她家可能要注意一下牆角的泰迪熊，搞不好那隻泰迪熊有召喚大魔王的功能也說不定？

「不，那把劍是我的家傳寶物，我以爲自己永遠不會去用這把邪惡之劍。」羅蘭有些無奈地一笑，說：「沒想到，我會以死亡騎士的姿態去用這把劍，當眞成爲邪惡的一方。」

「等等！」

我揮手止住羅蘭的話，因爲有五名聖騎士和兩名祭司走進廣場，這種小隊組合顯然是被審判派出來尋找死亡騎士，雖然他們應該不認爲死亡騎士會明目張膽地出現在城裡最大的廣場，不過審判他做事一直都細心到毫髮不漏，當然不會跳過這麼大的廣場不檢查。

這下糟了，死亡騎士可就坐在我旁邊啊！

雖然羅蘭現在看起來像個人，不過，我卻還是隱隱感覺得到他散發出來的那股黑暗氣息，難保不會被祭司發覺——糟糕了，有個祭司的眼睛一邊偷瞄我們這個方向，然後還跟他旁邊的聖騎士比了比我們，似乎想要過來查看的樣子。

「羅蘭，你快走！」我低聲地提醒。

羅蘭看了看那支小隊後，卻還是沒有起身走開，一副老神在在的模樣。

糟了，那夥聖騎士不但七個人一起走過來，還滿臉嚴肅的表情，該不會眞的被發現了吧？

我心裡七上八下，還不知道該用什麼理由搪塞自己家的聖騎士們時，那七個人已經走到羅蘭身邊……視若無睹地越過他，最終站在我的面前和左右，呈現包圍之勢。

爲首的聖騎士十分戒愼地對我說：「請將斗篷帽子拉下來。」

「……」

我面無表情地拉下帽子，旁邊的羅蘭則撇過頭去，從他肩膀的抖動可以看出來，這傢伙正在悶笑。

「啊！太陽騎士？」七個人嚇了一大跳，估計就是眞的發現死亡騎士，他們都不會比現在更吃驚了。

我非常哀怨地說：「莫非太陽已經不受到光明神的祝福，身上的神聖氣息不再濃厚，以致於各位聖騎士兄弟誤會太陽是充滿黑暗氣息的死亡騎士？」

「不、不不是的！」七個人動作一致左右搖頭的景象還眞壯觀啊！

「那麼，或許是太陽的行爲以及動作太過鬼祟，以致於讓各位兄弟誤會太陽是躲躲藏藏的死亡騎士？」

七人再次齊齊地把頭部做一百八十度的來回轉動。

「所以，這一切都是光明神偶然的美麗誤會？」

七個人再次搖頭，搖到一半才反應過來我說的話是什麼意思，各自做出七種不同的驚嚇表情後，開始改做頭部上下運動。

「既然是一場光明神的美麗誤會，那麼太陽也不繼續打擾，就請各位兄弟繼續執行光明神的旨意吧。」

七個人慌慌張張地行禮，我不慌不忙地回完禮後，他們就頭也不回地落荒而逃，好像我太陽騎士比死亡騎士還可怕似地！

大概是我一開始的面無表情嚇到他們了吧，一直秉持著微笑笑到死原則的太陽騎士突然間不笑了，就算只是面無表情，沒有生氣的意思，大概也很嚇人吧？

看來我以後得更加小心保持笑容，不然外頭很容易會有此屆太陽騎士脾氣陰晴不定的不良傳言。

我拉上斗篷帽子，一轉過頭就看見羅蘭帶著訝異的神色，他說：「格里西亞，你講話什麼時候變得這麼文謅謅了？」

「……別問了。」

我催促羅蘭：「羅蘭，你還是快點去粉紅那裡躲著吧，剛才那個祭司應該是眞的感覺到黑暗氣息，只是因爲你太正大光明地坐在那裡了，所以他們才會把坐在旁邊的我當成是死亡騎士。」

羅蘭沉默了一會後，淡淡地說：「我只是來跟你道別而已，格里西亞，這次道完別後，我們就是敵人了。」

「敵人嗎……你果然恨我吧。」

我黯然地低下頭，原本還有那麼點期望，羅蘭不是個會記仇的人，說不定他早就不記恨我搶走他的太陽騎士位子，說不定他眞的只是來找我敘舊，現在想來還是想得太美了。

羅蘭覺得奇怪地問：「我爲什麼要恨你？」

「你不恨我？」我猛然抬起頭來，難以置信地問：「那你幹嘛一出現就砍我？」

羅蘭露出抱歉的神情，說：「那時，粉紅叫我帶不死生物過去讓你收拾，我只是想跟你打聲招呼，試試你現在的實力如何，劍術有沒有練好了，但我才成爲死亡騎士不久，一時忘記自己的速度和力量都增加了，結果來不及收手，不小心眞的傷到你，對不起。」

居然是不小心？我有點無奈地問：「那你幹嘛又說會回來找我？」

「我本來就要回來找你道別。」羅蘭理所當然地回答。

我的光明神啊！羅蘭你這個沒神經的傢伙，你到底知不知道自己已經是個死亡騎士了？我差點就被你的「打招呼」和「道別」給害死了。

「羅蘭你這傢伙……如果不是人不能死兩次的話，我一定讓你再死一次！」

我氣得牙癢癢，不小心失手砍我一刀還沒什麼關係，反正太陽騎士的恢復力是槓槓的，但他偏偏留下這麼容易讓人誤會的一句「太陽騎士，我會回來找你」，害我被人以爲是凶手，差點要撞死在神殿柱子上明志了。

「你可以燒掉我。」羅蘭倒是挺平靜地回答：「在我殺死仇人以後，就會回來讓你燒死我。」

「我只是開玩笑的。」我皺了皺眉，差點都忘記，羅蘭可是個認眞到開不起玩笑的傢伙。

羅蘭卻說：「我是認眞的，若不是爲了殺死那人，我不會容許自己一直以邪惡的姿態存在這世界上。」

聞言，我沉默半晌，終於問：「殺你的人是大王子殿下嗎？」

聽到這話，羅蘭一愣，隨後點了頭。

眞的是大王子？

我的心情立刻沉重了起來。

「你不會成功的，審判騎士可不像我這麼混——咳！不像我這麼『善良』，他鐵定會在大王子身邊布下天羅地網，你不可能成功的。」

羅蘭轉過頭來，我眼睜睜看見他激動得連眼球都開始變形，隱隱有變回死亡騎士的復仇火焰之眼的趨勢，他冷冷地說：「不管成功率爲何，我一定要殺死他。」

「羅蘭，仇恨不是一個騎士該有的德性。」

「不，格里西亞，不是因爲仇恨。」羅蘭冷冷地道：「他是個慣犯，我就是因爲看不過去，想揭發他才成爲受害者，留著那個人只會有更多人受害。」

我啞口無言，那個大王子當眞是個人前微笑人後虐殺的雙面人？

見我沒回話，羅蘭站起來，滿身黑暗氣息瘋狂地發散出來：「既然連光明神殿都視若無睹，那就由我來殺死他，不讓他再危害其他人！」

「你的執念就是要殺他？」我皺眉，如果是這樣，那就難辦了，執念這種東西可是沒得妥協的。

「執念？」羅蘭卻是一愣。

「你上次差點就要成爲死亡領主了，能夠讓你在這麼短的時間內進化，一定是幾乎沒辦法做到的執念吧，如果是要殺那人的話，那眞的是幾乎無法辦到的執念了。」

我這時眞的感到無從下手了，難道唯一的解決辦法還是要燒死羅蘭嗎？

羅蘭沒回話，我抬頭一看，他用怪異的眼神看著我，我有點奇怪地問：「怎麼了？」

羅蘭收回眼神，說：「沒什麼，我該走了，剛才失控散發的黑暗氣息可能已經引起注意，格里西亞，下次再會時，希望你以太陽騎士的身分出現在我眼前。」

說完，羅蘭毫不停留地轉身就走。

這一次，我絲毫不糾結，沒有阻止他離去的意思，反正對方會去哪裡、接下來會做什麼事，全都已經摸清楚了。

羅蘭不會等待的，他很快就會行動。

我繼續坐在廣場水池邊，心中思緒萬千，既然是執念，那根本無法阻止羅蘭去殺人，現在該怎麼辦呢？

揭穿羅蘭的意圖，那麼即使他再強，在王宮和光明神殿有所戒備的情況下，他根本不可能成功，甚至無法脫逃，到時候，身爲太陽騎士的我就要親手把羅蘭送上火刑柱，然後點火把他巴比Q。

或者不揭穿羅蘭的意圖，然後等著他把國家的統治者給一刀兩斷，不是我要說，以羅蘭現今的能力，再加上生命戒指的僞裝，也許眞有可能成功。

啊啊！可惡的羅蘭！你是不會自己偷偷去幹壞事就好了嗎？最多事情做完，升天前再來找我聊天嘛！

爲什麼要在做壞事之前，還特地先來通知我呢？害得我現在一個頭兩個大，不知道到底要不要把你抓起來巴比Q！

這時，一陣匆促急速的腳步聲傳來，我抬頭一看，果然是姍姍來遲的聖騎士們，我對這效率感到搖頭，現在才過來，連死亡騎士的背影都找不著了。

「在那裡！」

咦？難道羅蘭又折回來了？我左右張望，沒有啊？

「你！把斗篷帽子拉下來！」

一整隊的聖騎士像群牛一樣聲勢浩大地衝過來，將我團團包圍後，惡狠狠地大吼。

「……」

你們到底要把我錯認成死亡騎士幾次才甘心啊!?

太陽騎士守則第九條

「要知道什麼祕密，去問女人就對了。」

叩叩叩！

敲門聲過後，一幢破小屋發出老舊木門開啓的吱拐聲響，門後方露出一張粉紅色的小女孩臉孔，她的嘴裡還咬著一根比頭還大的粉紅色草莓棒棒糖。

「粉紅，我答應從現在開始當妳的徒弟，學習死靈法術。」

我認眞無比地做出承諾。

小女孩愣了愣，對我勾勾手指，示意蹲下。

怎麼了？難不成當徒弟之前還得先進行什麼儀式不成？我懷著疑問蹲下來，粉紅又勾勾手指要我靠近點，我照做把臉靠上去。

最後，她把手掌橫放在我的額頭上，驚呼：「糟糕了！太陽，你的額頭溫度好高啊，燒成這樣，難怪你剛剛說話都語無倫次了耶！」

「那是因爲妳是個死人，手是冰的……」

粉紅收回自己的手看了看後，恍然大悟地說：「說的也是，差點都忘記自己是死人了，不過……」

她十分懷疑地問：「你確定自己沒有發燒？」

我翻了翻白眼，沒好氣地說：「在光明神的庇護之下，我從十歲開始就沒發過燒。」

「是這樣呀！」粉紅點點頭，十分了解我地說：「那就是有事情要我幫你囉？這次下的決心眞大，連『死亡前的自己』都打算賣掉了？」

我趕緊說明契約內容：「我只是說要和妳學死靈法術而已，沒有要賣掉自己，我還是要繼續當太陽騎士的。」

「兼職死靈法師學徒的太陽騎士？」粉紅搖了搖頭，嘆道：「這種事就只有你敢做了，都不怕你家的光明神會降道雷劈死你？」

「我相信光明神會明白我的苦心！」我嚴肅地說完，補充說明：「更何況，幾百年都沒看見祂老人家了，相信祂不會爲了這點小事輕易下凡。」

粉紅舔了舔棒棒糖，對此不發表意見，害我突然有點頭皮發麻，眞的認眞思考起光明神會親自降雷來劈兼差的太陽騎士，這種可能性有多高……

只是兼差而已，沒、沒那麼嚴重吧？我不敢再多想，直問粉紅：「怎麼樣？妳接受嗎？」

幸好，粉紅一口答應：「當然接受啊！太陽騎士要來兼差當死靈法師學徒，這麼好玩的事怎麼可以不接受呢！說吧，你到底要我做什麼呀？」

「我是想……」

拜託完粉紅，我走回神殿，當然不再拉上斗篷帽子，如果再來一個把我錯認爲死亡騎士的傢伙，我肯定會氣得把那傢伙變成「死亡的」騎士。

但事情還沒安排完，我還得再去拜託一個人，這人倒是比粉紅好搞定多了，所以我並不太煩惱。

在聖殿走廊上，我隨機攔下一名聖騎士，微笑道：「我的聖騎士兄弟，今日光明神依舊高居在世界的中央，微笑俯瞰眾人，真是充滿光輝燦爛的一天，願你感受到光明神的溫暖。」

被我攔下來的聖騎士十分興奮，帶著恭敬和崇拜的語氣回禮：「也願您感受到光明神的溫暖，太陽騎士長，今天的天氣真的是很好呢，希望可以順利抓到死亡騎士。」

這就最好是不要太順利了。我提出真正的目的，詢問：「我的兄弟，不知道你是否知曉暴風騎士長兄弟如今沐浴在光明神的何處恩典之下？」

對方頓時有點緊張，不確定地問：「呃，請問您是問暴風騎士在哪裡嗎？」

我點了點頭。

聖騎士鬆了一口氣，快速回答：「暴風騎士長三天來都在房間裡頭改公文。」

「我的聖騎士兄弟，太陽十分感恩你那充滿善意和仁愛的言語，願你無時無刻感受到光明神的溫暖。」

時間緊迫，我禮貌性道完謝就直接轉身離開。

「太陽聖騎士長，請慢走！」

我馬不停蹄地走到暴風的房門前，敲了敲門。

等待一會兒後，門緩慢到不能再緩慢地打開了，出現一張和死亡騎士差不多灰白的臉，如果不是確定死亡騎士不會有兩個大大的黑眼圈，我眞的會以爲暴風已經成爲葉芽城中的第二隻死亡騎士了。

我正要開口說話，卻被暴風一個揮手擋住話頭，他有氣無力地說：「太陽，請盡你所能，用最精簡的話說明來意，不然我保證會在三秒鐘內睡著。」

這樣嗎？我思考了一下，只說出三個字：「幫我忙。」

「我可以拒絕嗎？」暴風抖著因熬夜過度而毫無血色的唇懇求。

我又思考了下，再次把話縮短到剩下兩個字：「命令。」

「……眞夠簡略的。」

交代完暴風後，我十分放心地離開，繼續去做接下來要做的事情，雖然暴風這傢伙看起來一副下秒鐘就會仆倒死亡的樣子。

但不須擔心，就是眞的仆倒死亡了，他也會變成死亡騎士爬起來把工作做完，這傢伙就是這麼認眞工作的人，半點都不符合他自由自在的暴風騎士形象。

當我正想偷偷摸摸找個地方變身成「太龍」的時候，走廊另一端卻傳來整齊劃一的腳步聲，夾雜少許的低聲說話，紀律這麼嚴明的小隊也只有審判騎士長的那支了。

我站在原地等待，果然沒過多久後，審判騎士長就率領二十來名聖騎士走過來，他人未到眼神先抵，上下打量我一番，看起來彷彿不懷好意，但我很清楚他只是在確認我的狀況如何，畢竟我近期實在受傷太多次了。

我挺著胸膛讓他打量，表示自己沒事。

走到面對面的位置，審判一如往常對我說：「願你早日領會光明神的嚴厲作風，太陽騎士長。」

我沒像往常回應光明神的仁慈，而是低聲說：「今晚，死亡騎士會去王宮殺他的仇人。」

聞言，審判騎士長停下腳步，雖然他這麼突然地停止，但他後頭的二十來個騎士竟然整齊劃一地停下來，完全沒有驚訝和混亂的樣子。

審判騎士長只是一個揮手，他的小隊馬上二話不說，直接繞過我們離開。

等到所有人都離開了，審判立刻問我：「你確定？」

「絕對確定！」我十分肯定地點頭，羅蘭這傢伙做事一向不拖泥帶水，他說要去做，保證就真的馬上去做了。

審判有些懷疑地看著我，問道：「你下定決心要抓他了？」

「我是太陽騎士，審判長。」我平靜地對他說：「太陽騎士絕不容許已經死亡的人干涉生者，哪怕那個生者罪不可赦。」

聞言，審判騎士放鬆了些，點頭：「今晚，我會派人埋伏在王宮保護那位，同時抓住死亡騎士。」

我讚歎：「眞不簡單，你已經查出殺他的人是誰了？」

「嗯。」審判簡單解釋：「我抓到那個想逃走的刑場看守人，問清屍體當初的狀況，得知他是被虐待致死，所以讓暴風去調查和傑蘭伯爵三子有關且有虐殺惡習的貴族，嫌疑人只有三個，國王陛下、大王子殿下和傑蘭伯爵。」

可憐的暴風，不但被我壓榨，還被審判壓榨了，難怪他一副要死不活的樣子。

「那你怎麼判斷哪一個才是眞正的犯人？」我不免有些好奇。

「其實根據最近一些事情，我大致猜測出是誰，但罪行不能僅用我的猜測論斷，所以我讓見過死亡騎士的寒冰從聖騎士中挑選出最相似的一個，讓他臉色畫得蒼白些，然後帶著他去拜訪那三個人，期間讓他暗中做出敵視行爲。」

審判搖了搖頭，嘆道：「雖然這裝神弄鬼的方法不妥當，但卻很有效，很輕易就確定凶手的眞實身分，那凶手驚懼到連身體都顫抖不止。」

「眞是厲害啊！」我由衷地讚歎，我自己可是和羅蘭當面對談後，才發現凶手是誰的。

「既然太陽你已下定決心，那今晚就由太陽小隊和審判小隊一起在王宮埋伏。」審判謹慎地做此決定：「雖然那位罪不可赦，但卻不能有絲毫損傷，否則將會引起大風暴。」

「我同意，但我還想多帶上烈火和大地。」

審判有些不解地問：「我能理解要帶上大地的理由，他的大地守護盾能夠確保那人不受損傷，但烈火的專長是幽靈。」

我搖了搖頭，說：「不怕你知道，審判，我當面見過羅蘭了，他已經快要成爲死亡領主，若是他因爲解決不了執念，當場進階成死亡領主，他就能夠召喚眾多黑暗生物，其中也包括幽靈，那我們的麻煩就大了。」

「嗯，還是你比較熟悉不死生物，這樣做很周到。」審判點頭同意，補充：「我很高興你終於下定決心要除去昔日的朋友，這並不容易。」

「是不容易。」我平靜地回答：「非常不容易，尤其那是羅蘭。」

「等到一切都結束以後，我會很樂意聽你談論這位羅蘭生前的事蹟。」

審判這次沒用光明神的嚴厲跟我道別，而是說：「願你的朋友早日安息。」

我點頭後，目送審判離去，然後轉頭看了看窗外，外頭的陽光仍然充足，很好！時間尚早，足夠我完成事情後，再回來召集太陽小隊。

搞定暴風和審判後，現在只剩下一件事情還沒完成，就是潛入王宮去找出羅蘭被虐殺的地方。

既然羅蘭說那人是個虐殺慣犯，那肯定有個專門用來虐殺的地點，如果能找出這個地方、拿到證據，才有辦法指證那人的虐殺罪行。

王宮是戒備森嚴的地方，但我可是在王宮出入過無數次的太陽騎士。

那隻肥豬王三不五時就要惹禍出來，每次都要出動我去唸到他生煩生厭，然後再由跟著去的另外一名十二聖騎士出言威脅，大部分時間，跟我去的人選都是暴風騎士，畢竟他可以隨心所欲地說話而不會開罪人，但當事情嚴重到一個程度的時候，出動的人就會是審判騎士。

除了規勸肥豬以外，我還常常來這裡做神殿與王宮的良好交流，什麼王后的生日、公爵女兒的成年舞會，以及王子第一次狩獵等等的事情都屬於我的業務範圍。

總之，太陽騎士就是光明神殿會走路的活招牌，只要有重大活動，我就得來走走露個面，以示光明神殿給面子。

更別提，現任王后還是我老師的義母，我的老師當年可是和大王子殿下稱兄道弟的人，以前他常常帶著我來王宮閒嗑牙，美其名在幫光明神殿和王宮進行良好交流與溝通，實際卻是在和美麗的王后、公主和一堆仕女喝下午茶。

葉芽城中，我最熟悉的地方除了光明神殿，就是這座王宮了。

所以，王宮的戒備對我來說完全不是個問題，因爲我是從大門口正大光明地走進去的，兩旁的王宮守衛還恭敬地向我行禮呢！

「龍的聖衣啊，我以龍的傳人之名，命令你，發動！」

進入後，找了個沒人的陰暗角落，換上黑銀交錯的吸血衣後，我打算偷偷地潛入王宮，找尋那一處地方……

主上，在下名爲龍的聖衣，並非吸血衣。

「喝！嚇死我了。」我拍拍胸膛，還以爲被發現了呢，不怕不怕！

「沒事別突然開口，害我以爲被人發現了。」

是的，主上。

雖然現在還是白天，穿著一身黑衣實在不是個明智之舉，不過至少比穿著太陽騎士裝被人發現行爲鬼祟要來得好。

況且就算現在是白天，王宮走廊上還是有一大堆亂七八糟的巨大裝飾品可以供我躲藏，譬如說，比人還高的花瓶啦——這還能插花嗎這？哪怕是騎士穿上也走不動的超級重盔甲啦——當初製造它到底是爲了什麼？更別提一大堆的雕像。

要是眞躲不過了，也沒關係。

我的老師常常說：「孩子，你不要以爲王宮眞的是什麼銅牆鐵壁的所在，也許一開始建造的時候是吧，但是，每位國王都會想在王宮開一條只有自己知道的逃生密道，順便再開個可以用來做齷齪事的密室，幾十任國王下來，那就有幾十條密道和幾十間密室，雖然密道和密室都有個『密』字，但你也別認爲這眞是什麼祕密。相信我，就是現任國王，包准也沒有他的枕邊人王后和公主知道得清楚。」

「那老師你爲什麼會知道呢？」我十分不解地提出疑問。

「當然是公主告訴我的。」

「那公主殿下爲什麼要告訴老師您呢？」

「不告訴我，那我要怎麼潛入王宮和她偷情——噓！小孩子不要知道那麼多，好好把密道和密室的入口位置記清楚就是了。」

「是，老師。」

現在回想起來，老師眞不是省油的燈啊，爲什麼呢？

因爲那時王宮中只有兩位公主，一個年齡逼近五十歲，是國王未出嫁的妹妹，另一個年齡是十五歲，是國王最小的女兒，而我老師那時卻大約是三十來歲，眞不知道他到底是吃嫩草還是被吃嫩草了？

咳！扯遠了，總之，我猜想，虐殺的地點應該是離那人臥室不遠的密室。

我打算先賭賭運氣，那一位應該會利用現有的密室，而不是另外開闢房間，畢竟根據老師告訴我的密室和密道數量，這整座王宮根本已經差不多中空了，可能連王室建築師都不敢輕易下手挖洞，以免發生整座王宮倒塌的悲劇。

我在走廊上躲躲藏藏，遇見人就閃進密道中，等沒人再出來繼續前進，在闖進其中一條密道時，還差點撞破一對正在擁吻的男女，幸好他們親得很認真，沒注意到我，我嚇得趕緊拐進密道的另一條岔路去——等等！

我皺起眉頭，剛剛那對在偷情的男女，女性的背影看起來好像是公主殿下啊？

就是那個當年才十五歲，不知道到底是不是我老師偷情對象的公主，算算她今年都過二十五歲了，卻還賴在王宮不肯嫁出去，原來是因爲有心儀的對象了呀！

看來那對象的地位肯定不高，國王根本不可能把公主嫁給他，所以兩人只好在密道裡偷情了。

這些密道和密室果眞如我老師說的，算不上多大的祕密，根本就是偷情勝地。

我一邊利用密道前進，一邊則思考著老師說過的眾多密室位置，那一位的房間周圍有不少密室，但只有三間密室能從臥室出入，其中又有兩間可以利用外面的密道進入，只有一個是封閉式的，只能從臥室裡進出。

我打算先去那兩個可以由密道進入的密室探探。

在密道東繞西繞不久，幸虧我的記憶力過人，這樣亂七八糟的密道也走得出來，沒多久後，我終於踏進一間空蕩蕩的密室，這裡應該就是要找的地方之一。

但這裡的蜘蛛網結得都比我的斗篷布料還厚實了，應該不是這裡。

接下來的打算是直接從這裡進入臥室，然後再從臥室進入另外兩個地方查探，不過看到眼前這層層疊疊的蜘蛛網，一想到自己得鑽進裡面，我還眞想放把火把它們燒乾淨算了。

但王宮可是有魔法師的，要是被他們感覺到我施展的魔法，那就吃不了兜著走，我還是只能乖乖地用手撕破蜘蛛網。

費盡千辛萬苦、全身布滿蜘蛛絲後，我才終於走到密室的對面，我蹲下來檢查暗門……

「封死了。」

我欲哭無淚地發現這個事實，唉！早該猜到的，堂堂的王室成員怎麼可能放著能通往自己房間的密室不管呢？

「希望另外一條密道沒有封起來。」

我抱著期望，再度九彎十八拐地走到另一條密道，沒想到這條密道比上一條小很多，不到半人高，我只能跪下來用爬的，爬到盡頭時，發現這間所謂的「密室」根本就是個長寬高各不到兩公尺的空洞而已，別說在這裡虐殺，就是塞進兩個人都覺得擠。

我抬頭檢查暗門，這裡的暗門在頭頂上，幸好，它沒被封死，這讓我鬆了好大一口氣，想必這條密道是以前的逃生通道，真的十分隱密，連臥室主人都不清楚——所以王后公主們到底是怎麼知情的？

我輕輕把暗門頂開一條縫，這道暗門可真重啊！左右看了看，很好！臥室中半個人都沒有。

本來還想輕手輕腳地把暗門整個頂起來，卻發現這暗門重到得用盡我吃奶的力氣，我抬～～好不容易把暗門抬起約十公分，我繼續努力地把它往旁邊移動，最後總算把這暗門給移開了，我也差不多汗濕整件衣服。

呼呼！真懷疑自己若是沒有穿龍的聖衣來加強力量，搞不好根本抬不起來。

當我喘完氣，爬進臥室後才發現這暗門上面竟然是一個大理石製的櫃子，比我人都高上十幾公分那種，難怪這麼重！

但現在不是抱怨的時候，不知道什麼時候會有人過來，還是趕緊辦正事的好。

我沒花多少時間就在牆上的穿衣鏡後方找到封閉式的密室，一腳踏進這最後一個密室，只希望這次沒有白來，若沒找到——

一股血腥味撲鼻而來，濃厚且透著腐臭的味道。

眼前還有一塊厚重的布料阻擋我的視線，但完全擋不住那股血腥味，我知道，找對地方了。

雖然沒時間遲疑，但我還是深呼吸幾口氣，才走上前撥開那塊布。

見到眼前場景，我愣在原地，現在已經找到證據，應該快點走才是安全的做法，但我卻還是愣愣地看著這個地方，這裡沒有半具屍體，更沒有什麼血肉橫飛的景象，相反地，這間密室刷得很乾淨，牆上的枷鎖和各種刑具甚至上過油，閃亮得像是裝飾品。

密室中間有一張黑得發亮的單人床，四角都有禁錮的鐵銬，但當我走近一看，卻發現那張床根本不是黑色——那是血凝固後的顏色。

大概是再怎麼洗都刷不去血痕，鮮血疊了一層又一層，最後形成一層發亮的黑。

比起令人震驚的黑色血床，四周的牆壁和地板並沒有太多痕跡，但死者的吶喊仍舊從牆面透出來，到處都透著地獄般的血腥腐臭味。

乍看彷彿乾淨的地方，卻處處透著最污穢骯髒的意念，連空氣中都充滿死者不甘的吶喊。

我用手指使勁去劃木床，那層黑亮比想像中更堅硬，手指尖不過沾上一點點的黑紅色而已。

這裡面，也有羅蘭的血吧？

「羅蘭，如果你是死在這樣的地方，那我理解你為什麼寧可變成死亡騎士，也執意要爬起來殺掉罪魁禍首。」

眼眶有些濕潤，但我並不想忍著，我和羅蘭都是孤兒，他又是死於這種不會見光的惡行，也許，他的死只有我會傷感吧。

或許只有我會爲他流淚而已。

太陽騎士守則第十條

「執行正義是太陽騎士的存在意義。」

我和審判騎士一起將事情跟大王子挑明，畢竟要偷偷埋伏五十個聖騎士而不驚動王宮中人，根本是件不可能的事情，大王子那邊很乾脆地點頭同意，看來他也早就有心理準備了。

五十多名聖騎士們有些換上皇家騎士的裝扮，有的則是裝扮成僕役的模樣，反正王宮本就人口眾多，塞進五十個人看起來一點都不突兀。

審判騎士躺在床上僞裝成羅蘭要殺的人，我爲了隱藏身上的神聖屬性，只好請教皇設計一個不讓神聖氣息外漏的封印，將封條貼在衣櫥上，整個人躺進衣櫥。

皇家用的東西果眞不一樣，光是一個衣櫥就有我的半個房間大，衣櫥底部還鋪著一層厚厚的天鵝絨，害我忍不住躺下來，還順手拉了一件披風來當被子蓋，幸福啊！有種昏昏欲睡的感覺，這個衣櫥比我的床鋪舒服多了！

幸好我沒有去躺審判的位置，光是衣櫥就能讓我昏昏欲睡，要是直接躺在床上，我肯定會因爲床鋪太過舒服，導致睡得不省人事，然後被羅蘭一劍劈成兩半吧……

「太陽、太陽？」

「唔……別吵！」罵完，我翻了個身，眞是吵死人了，睡得正舒服呢吵什麼吵！

罵完果然就安靜了，但緊接著是震天響的敲衣櫥門聲。

我嚇得整個彈起來，慌張地問：「怎麼回事？是羅蘭來了嗎？」

「還沒有。」審判那低沉的嗓音在衣櫥外響起來：「但我擔心即使他來了，你也會因爲睡得太熟，完全沒有發覺。」

「……哈哈哈！怎麼會呢！」我心虛地乾笑，這還眞有可能，果眞知我者審判也！

「現在才剛入夜，羅蘭應該不會這麼早來，爲了避免你睡著，不如跟我說說他的事情吧？」

聽到這提議，我沉默了好一陣子，有些不知道該從何說起，而審判一向耐心十足，他也沒有開口催促我，最後，我長呼出一口氣，開始述說起那段往事。

「我第一次見到羅蘭是在神殿舉辦的十二聖騎士徵選會上，只剩下最終十個孩子在競爭的那時候。」

「你應該知道那簡直是城內最大的賭博盛事吧？幾乎每個人都會下注，賭看看是哪個孩子未來會成爲十二聖騎士之一。」

「我知道。」外頭傳來審判的聲音，聲音變得比較遠，看來他又躺回床上去了。

我不敢再躺下來，只好把背靠在衣櫥門上，問道：「你還記得你的賠率是多少嗎？」

「沒有注意過。」

果然是審判。我笑了出來：「你和羅蘭一樣認眞，你們都把所有時間花在練劍術上吧？我還記得，你的賠率是一比一點零八三，在你身上下注，即使贏了都賺不到錢。」

「你記得眞清楚。」審判的語氣隱隱透著點佩服。

沒辦法，我就這點記憶力可以見人嘛！

我繼續說：「羅蘭的賠率是一比一點零五二，賠率比你還低。也就是說，當時，他當上太陽騎士的可能性，比你當上審判騎士的可能性還高。」

「但他沒有。」審判淡淡地回答。

「是呀，他沒有，卻由一個賠率是一比一百六十三的傢伙當上太陽騎士。」我有點自嘲地說：「當年因爲下注在我身上，而變成超級大富翁的人可不少喔。」

外頭傳來審判不贊同的話：「賠率有問題，你的神術和筆試成績是所有孩子中最好的，只是外行人看不懂神術，也不清楚筆試成績。」

雖然事情過去很久了，不過聽到審判的安慰，我還是有種很爽的感覺，對嘛！我哪有那麼差，就只是劍術糟糕了點嘛！

「不過，你的劍術也眞的是很糟糕。」

喂！這句就不用補充了好嗎？

「反正，當時大家都認爲羅蘭就是未來的太陽騎士，我又是最不可能的人選，所以我們兩個之間處得很好，他還常常幫我忙，像是——」

「像是幫我打架、幫我爬牆去買藍莓點心、幫我打咬我的狗嗎？」審判嘆了口氣，無奈地說：「格里西亞，你可眞是從來沒變過。」

「哈哈哈……」我乾笑，對喔！自從羅蘭轉身離開以後，審判就頂替羅蘭的功用了。

「就因爲你搶走太陽騎士的位子，所以他之前才陷害你嗎？」

「不，他根本沒有陷害我。」想到這個誤會，我就欲哭無淚，說：「羅蘭只是神經太大條了而已，他到現在都不知道自己不小心害我被傳言成虐殺他的凶手，只以爲自己失手砍中我一劍。」

「說到關於虐殺的傳言，我有點懷疑是……」

審判的話說到一半，卻突然停下來。

我正感覺奇怪的時候，外頭傳來再熟悉不過的聲音，只是多出我從未聽過的怨恨語氣。

「我曾經說過，我羅蘭一定會回來找你……」

羅蘭？怎麼會呢？他到底是從哪裡進來的——啊啊！肯定是密道，該死！我竟然沒想到羅蘭有可能知道密道在哪裡。

「你、你不是他！」

這麼快就被發現了嗎？果然外面兩人都是不拖泥帶水的性子，兩句話就對上了！

我趕緊拉開衣櫥跳出去，同時手上的聖光一閃，這是通知外頭埋伏人手進來的訊息，聖騎士精銳小隊的實力可不是蓋的，在聖光才剛閃完的時候，烈火騎士就夥同審判小隊成員從兩面窗口跳進來，大地騎士和我的太陽小隊隊員則是撞開大門衝進來。

審判騎士手持審判神劍，也從床上跳下來。

面對瞬間出現的大陣仗，羅蘭先是一愣，隨後轉頭看著我，難以置信地說：「格里西亞？怎麼可能！」

我哀傷地看著昔日友人：「羅蘭，你該知道，我不可能任由你殺人。」

羅蘭早有所覺，他眞正意外的事完全不是這點。

「但我明明告訴你，仇人是——」

我打斷他的話，「沒錯，你告訴我，你的仇人是大王子殿下。」

「但這裡——」羅蘭怒不可遏，吼道：「這裡分明是國王的臥室！」

「是的，一直到你親口對我說你的仇人是大王子殿下，我才百分之百確定，你的仇人其實是國王陛下，因爲羅蘭你啊，從以前說謊的功力就跟我的劍術一樣糟糕。」

羅蘭十分地驚愕。

「更何況，大王子殿下會不會虐殺人，這點我是不能完全肯定，但我很確定的是，如果大王子眞的做出虐殺這種罪行，恐怕就是再過十年，也不會被我們發現。」

我十分肯定地說：「大王子殿下可不是個迷糊蛋，他若是眞的虐殺人，最後肯定會毀屍滅跡，一勞永逸，而且絕不會傻得讓效忠他的騎士親自去棄屍。」

「再加上，後來居然傳出流言，內容是我虐殺死亡騎士，如果這流言只有說我『殺』了死亡騎士，那還可以理解成大家是因爲聽見你說會回來找我，所以自行揣測謀殺你的眞凶是我，但流言的內容居然精確提到是『虐殺』，這就很匪夷所思了。」

我看了看羅蘭，他流露出疑惑的表情，似乎不太理解這段話的意思，果然啊，這傢伙根本就不知道這些流言，但不要緊，反正我也不是說給他聽的。

「知道死亡騎士是被凌虐致死的人，除了死亡騎士本身以外，就是凶手那邊的人了，但是，這則流言傳遞的速度很快，不可能是死亡騎士自己傳播出去的，畢竟，死亡騎士可沒辦法直接跑到街上去和人閒話家常。」

「所以，這污衊我的流言是從凶手那邊流傳出來的。」

說到這，我轉頭看向審判，說：「你剛剛想和我說有關流言的事情就是這個吧？接下來要不就由你來繼續說明下去吧，審判騎士長？」

審判淡淡地看了我一眼，眼神帶著「別胡鬧了」的責備意味，但他還是接過話頭繼續解釋。

「光明神殿一發現事情和王室有關，原本可能打算將調查移交王宮，或至少會選擇暗中調查，但流言卻將事情牽扯到太陽騎士長身上，事關太陽騎士的名譽，那就非查個清楚不可！」

沒錯！我接著說：「凶手居然愚蠢到選擇污衊我，逼得光明神殿不得不查清事實，這種拿石頭砸自己腳的事情，也絕不是大王子殿下會做的傻事。」

我冷笑了一聲：「再仔細一想，誰特別跟我有矛盾，而且還要有足夠的膽子和過量的愚蠢，才會選擇污衊光明神殿的太陽騎士，那人選除了我們親愛的國王陛下以外，還有誰呢？」

「胡說八道！你這個無禮的傢伙。」

旁邊的書櫃突然朝兩旁一開，國王氣急敗壞地衝出來，大王子則緊跟在後，眉頭深鎖還滿臉無奈，兩人旁邊自然跟著爲數不少的皇家騎士。

果然不出我所料，他們躲藏的密室正是我剛才偷偷來查的時候，第一個到達的密室，看來他們爲了埋伏，重新打開那個封死的密室了。

「吼！」

羅蘭一看到國王，眼中立刻血光大盛，瘋狂地朝著國王等人衝過去，國王大驚失色地拉過自己的騎士，躲在他們身後。

「審判！大地！」

我趕緊出聲提醒，但審判的反應比我更快，早就提劍上前擋住羅蘭，而大地則是在聽見我的喊聲就趕緊擋在國王跟前，架起大地守護盾。

趁著審判和羅蘭打起來的機會，我唸起咒語，隨著咒語越唸越長，房中的聖光也越來越盛，聖光正是不死生物的剋星，哪怕羅蘭生前是劍術高手，死後又是不死生物中的佼佼者，死亡騎士，在越加濃厚的聖光下，他的行動也會越來越困難。

更何況，他的對手還是審判騎士，十二聖騎士中，劍術最強之人。

果然，在聖光和審判騎士的雙重壓制下，羅蘭揮劍的動作越來越緩慢，最後終於支撐不住，他手中的劍被審判一劍打飛，見狀，我一口氣聚集聖光，將羅蘭壓制得單膝跪下，審判上前一步將審判神劍抵在他的背後，我倆聯手將羅蘭壓制在地上動彈不得。

這時，那位躲在皇家騎士身後的國王居然衝出來，一腳就往羅蘭的頭踩下去，一邊踩還一邊罵：「混帳東西，我殺你是抬舉你，竟然還敢回來報仇？」

「父王，快住手！」

大王子臉色大變，上前想拉住他父親，但身形不壯的他反而被肥碩的國王撞開，幸虧周圍的騎士及時扶住王子，沒讓這位高貴的殿下當場摔個狗吃屎。

審判皺緊眉頭，面沉如水。

我握緊拳頭，眼睜睜看著國王把羅蘭踩在腳下蹂躪……

「不要再踩啦！」

第一個沉不住氣的人卻是烈火騎士，他上前一把推開國王，阻止對方的踩踏。

「你居然敢推我？」國王十分震驚，顏面掛不住，歇斯底里地大喊：「皇家騎士！我的騎士們，他攻擊我，快點給我拿下他！」

皇家騎士收到要攻擊烈火騎士的命令時，很顯然都是一愣，但他們也不愧是守護王室的精銳皇家騎士，只是一愣後就遵令抽出佩劍，井然有序地逼近烈火騎士。

對此，烈火自然是氣得臉都漲紅了，啞著聲音嘶吼：「竟敢把武器對著我？聖騎士們，備戰！」

聖騎士立刻將佩劍對準皇家騎士，甚至都沒有半點遲疑。

「全部住手！」

審判騎士長十分憤怒地出聲制止。

審判小隊成員立刻垂下武器，他們絕不敢違反審判騎士的命令，但現場可不只審判的人，還有烈火騎士長的小隊，以及我的太陽騎士隊，更有脾氣火爆的烈火騎士和表面老實內心陰險的大地騎士。

以國王平時的不良素行，聖騎士們早就對國王嗤之以鼻，在聖殿痛罵肥豬王最近又幹出什麼愚蠢的事，已是種休閒娛樂了，偏偏這老傢伙剛才又上前猛踩死亡騎士，還親口說他殺死羅蘭，簡直像是怕人不夠厭惡他的所作所爲。

聖騎士和皇家騎士兩邊彼此狠瞪著對方，雙方都擺上起手式，又有國王在火上加油，即使大王子殿下想阻止都沒用，畢竟皇家騎士的最終上司還是國王陛下。

「你們還不去把他抓起來！」

說完，國王這老傢伙竟然動手加碼，抓起一支花瓶就朝烈火騎士扔過去，雖然沒有碰著他，而是撞碎在大地騎士施展的保護罩上。

但這種藐視十二聖騎士的行為立刻激怒所有聖騎士，某名太陽小隊的聖騎士作勢吐了口口水表達不屑，這讓重視臉面的皇家騎士臉色立刻變了，有幾人揮劍就砍過來，幸好聖騎士們也全是精銳，輕易擋下攻勢。

「你竟然眞的敢對我的人揮劍！」

烈火氣得帶頭衝鋒，聖騎士們立刻跟上，皇家騎士也在國王的吼叫聲中反擊。

接下來的情況就完全失控了，聖騎士和皇家騎士雙方不甘示弱地互砍，金屬相撞的鏗鏘聲不絕於耳，甚至因爲場地太小人太多，長劍有些揮不開，有人直接用身上盔甲去衝撞對手，效果甚至比劍還有用，一撞就引起連鎖反應，直接撞倒好幾個人——咳，這是我的太陽騎士小隊所爲。

隸屬於我的太陽騎士小隊，脾氣一向不太好，但他們的實力卻保證是一等一的好，甚至不輸給審判小隊。

也不知道是不是我的小隊流年不利，還是天性使然，他們三不五時就會惹上不該惹的對象，但自家的隊長又永遠滿臉笑容，看起來就很好欺負的樣子，外加對他們採取「都不管」政策，所以他們只好自立自強，憑著絕佳的實力和團結一致對外，打得對方連上門告狀都不敢。

眼見事態失控，審判騎士氣得臉都要黑了，他看了我一眼，我朝他點點頭，還在手上聚集一團聖光，表示自己可以單獨壓制羅蘭。

他立刻就指揮審判小隊前去制止雙方的互鬥。

我走到羅蘭跟前，心中百感交集，但手上並不含糊，惡狠狠將聖光砸到羅蘭頭上。

「……格里西亞！」

羅蘭痛得低吼，喊著我的名字，他抬起頭來，面無表情，雙眼中的黑色火焰逐漸濃郁深沉，他用那對濃黑之火盯著我，絕望地問：「你當上太陽騎士，就是在保護那種人嗎？」

我低聲說：「羅蘭，這世界上有很多不得不妥協的事情，我身爲光明神殿的太陽騎士，要考慮的事情實在太多了。」

「這就是……太陽騎士的答案嗎？」羅蘭眼中的黑火越來越濃烈。

此情此狀，我心中閃過尖銳的一痛，深呼吸好幾口氣後，嘆道：「羅蘭啊羅蘭，你不明白，不管國王做過什麼惡行，只要他還是王，我就必須阻止你殺他。」

「哪怕他罪該萬死？」羅蘭死死地盯著我，眼中黑火熊熊燃燒。

「是，哪怕他罪該萬死。」我坦然地承認。

「好一個太陽騎士！」

羅蘭笑了起來，從輕笑到大笑，一路笑成瘋狂癲狀，他眼中的黑色火焰早就突破眼眶，像是要燃盡一切，甚至淌過臉頰，宛如兩道黑色淚水。

「唔！」

冷不防，羅蘭用肩頭重重將我撞倒，滿室的聖光瞬間黯淡一半，羅蘭趁機從半跪的姿態站起身來。

我被羅蘭撞倒後，連忙爬起，雖然有些比較靠近的聖騎士發現這邊的狀況、想過來扶我，但我一個舉手制止他們，要他們原地擋好，不讓混戰影響到這邊。

除了那幾名聖騎士外，沒有人發現這個變故，因為此時，整間臥室已經亂得像是戰場似地。

即使大王子殿下和審判騎士一直在叫「住手」，但國王卻拚命推波助瀾，嘴裡罵的言語之難聽，讓人很難相信這是一國之主，烈火被他罵到快氣死了，根本不肯照審判騎士說的話停手，只想衝過所有皇家騎士的封鎖去狠揍國王幾拳。

再加上太陽騎士小隊根本不理會審判騎士的命令，畢竟他們的領袖太陽騎士和審判騎士是死對頭，所以他們不聽審判的話也是正常的。

大王子殿下的臉色蒼白到好像隨時會昏倒，相反地，我方的審判騎士則氣得臉都發黑了。

幸好這是國王的臥室，大得像是個會議廳，不然哪能容得下這一大堆人在這比拚。

我再度施展聖光，聖光的耀眼程度更勝之前那次，卻是偷偷動了點手腳，聖光圍繞在整個房間中，卻唯獨繞開羅蘭的身邊。

我要讓羅蘭成爲死亡領主。

唯有如此，才能達成我要的計畫。

聖光如我所料，成功擋住死亡騎士在進階成死亡領主的過程中，身周會出現的濃烈黑暗氣息，而在聖光刺目的效果之下，根本看不清羅蘭的身影，所有人應該都以爲死亡騎士已經被太陽騎士制住了，沒有人在注意這邊的動靜。

我甚至懷疑這群打紅了眼的傢伙到底有沒有發現聖光先消後盛的狀況。

我施展的聖光卻阻撓不了自身的視線，我因此親眼見證死亡領主的誕生。

羅蘭原本全身都是褪色的灰白，後來是眼中的火焰先行變成濃黑色，火焰流過臉頰形成兩道紋路，往下蔓延到脖子，繼續不停延伸，雖然我看不見衣物底下的狀況，但那紋路很快地蔓延到沒有衣物阻擋的手臂上。

除了從眼眶流出的黑火紋路，黑暗氣息不斷鑽進羅蘭的身體裡面，然後慢慢從背後長了出來，形狀就像是壁畫上會出現的龍翼！翅膀最頂端的地方甚至有尖銳的爪子。

灰白之身，黑火紋路，銳爪龍翼，這就是死亡領主的姿態嗎？

我不得不承認，羅蘭如今看起來真是又帥又強大的樣子，現在只希望我的計畫真能阻止他，不然的話，估計我只有和這傢伙同歸於盡的份。

這時，羅蘭緩緩睜開雙眼，他帶著好奇，端詳自己手臂上的紋路，又摸了摸背後的龍翅。

是時候了！

我衝到羅蘭的身邊和他面對面，彼此的距離不到一公尺，羅蘭一見到我，瞬間憤怒到眼中黑火扭曲，他一掌就把我打飛出去，我卻連他的攻擊都沒看清楚。

我又躺倒在地上，媽呀！這次是真的很痛，十分懷疑自己胸口是不是被打凹，或者更糟糕，可以通風了！

「太陽騎士！」

幾名負責阻擋混戰的審判小隊成員第一個注意到我的慘狀，驚呼後就紛紛要衝過來保護我，只是羅蘭卻不讓他們如願，他的嘴裡唸出幾句咒文，瞬間召喚出眾多黑暗生物，骷髏戰士、不死殭屍、吸血魔妖，以及最難搞的幽靈類，還有許多甚至連我都叫不出名稱的不死生物。

這未免太強了吧！我的臉色蒼白，死亡領主好像比教科書形容的強多了，這次不會陰溝裡翻船，直接被羅蘭幹掉吧？畢竟我剛剛沒少惹他生氣……

審判小隊成員已經沒人有空來扶我了，大家都被突如其來的攻擊打得有點措手不及，但總算是引起那群混戰中人的注意力了。

皇家騎士們看見不死生物後，個個大喊「保護王子殿下」，當發現大家都叫同樣的話後，他們才趕緊亡羊補牢地喊「保護國王陛下」，肥豬王還眞是不得人心啊！

而我的太陽小隊在發現我吐血倒地時，個個嚇出來的臉色都可以編成一本「驚嚇臉孔大全」了。

我忍著痛楚，對太陽小隊下命令：「阻擋黑暗生物，不能讓任何一隻離開這個臥室！」

「是！」太陽小隊異口同聲地回答，紀律好得不像是剛剛才打過混戰的隊伍。

雖然他們平時總愛惹事，但只要一收到我的命令，絕對是百分之兩百執行，絕對不打折！

因爲我曾經告訴過小隊員們，我就是下令要他們跳懸崖，他們都得跳下去，不然我就親自把人丟下懸崖，然後再推塊大石頭下去跟他作伴。

本來他們聽見這話還不怎麼害怕，畢竟我可是終身微笑的太陽騎士，看起來一點都不凶，但當我帶著微笑把兩個隊員踹下懸崖，又推了兩塊大石頭下去，底下傳來慘叫聲過後，他們就知道該怎麼做了。

太陽小隊清除黑暗生物的效率比審判小隊要好得多，畢竟黑暗生物最怕的聖光和神聖祝福等神術，都是太陽小隊的必學技能。

我看太陽小隊清除起黑暗生物並不吃力，只是數量太多，一時之間清除不完而已，終於放心許多了。

這時，烈火和大地騎士來到我身邊，他們兩人把我扶起來，滿臉擔憂神色，我站起來就對兩人下指示。

「烈火，幽靈交給你處理，大地，你見機支援所有人，不能有任何人受到致命的傷勢，聽到了沒有？」

兩人立刻點頭，烈火騎士在他的雙手劍上燃起火焰後，加入戰局，專挑其他人不好對付的幽靈來打，火到靈除，在場所有人加起來都比不上烈火清除幽靈的速度。

大地騎士則站在我身邊，雙眼緊盯著場中戰況，時不時就伸出手施展保護罩。

羅蘭被眾多黑暗生物護衛在中間，他看著周圍打成一鍋粥的混亂模樣，嘴角居然帶著邪惡輕浮的微笑，那根本不像是他會有的表情。

我開始懷疑，羅蘭這傢伙該不會已經氣到失去理智了吧？

還在懷疑的時候，羅蘭卻做出讓我百分之百肯定這傢伙已經氣昏頭的舉動，他將黑暗氣息當成網子使用，完全籠罩住房間，不讓任何人有空隙逃出去，然後，他再次唸咒召喚出更多的黑暗生物。

難怪不死生物教科書上面說絕對不能讓死亡領主誕生，不然將是一場災難。

原來這才是死亡領主眞正的強度嗎？我還以爲有太陽騎士、審判騎士，大地與烈火騎士的支援，以及眾多精銳的聖騎士，這樣的陣容足以控制情況，結果卻被羅蘭狠狠打臉。

看來，我這次的計畫眞的孟浪了，現在也只能盡力挽救。

一旁，審判騎士長正在詢問大王子：「大王子殿下，情況恐怕失控了，敢問王宮的其他騎士或者衛兵需要多久時間，才會注意到這邊的異狀？」

大王子一張臉蒼白得要命，時不時還得應付自己父王的咆哮，他苦笑著回答：「因爲要處理這種……不太能夠擺上檯面的事情，所以我把衛兵都調遠了，而且吩咐過所有人，就算有動靜也不須要過來。」

聞言，審判騎士皺緊眉頭，然後朝我看過來，我大概可以猜到他的打算，大約是要我先衝出去尋求支援。

這的確是最好的方法，因爲第一，我受重傷了；第二，就算我沒受傷，戰鬥力也和受重傷的人差不多；第三，我充滿神聖氣息，比任何人都更容易衝破周圍的黑暗氣息牢籠。

但我有自己的計畫，現在就差最後那麼一步了。

「我養你們這些騎士是幹什麼吃的？還不快點去把那傢伙給我宰掉！」

國王又怕又氣，全身肥肉不停顫抖，甚至動手甩了某名皇家騎士一巴掌。

親愛的國王陛下啊，我這輩子都沒像現在這麼想親吻你那肥滋滋的手！

這種舉動和話語百分之百能夠激怒羅蘭，而我就是在等待這一刻！

羅蘭果然生氣了，他眼中的黑火大盛，嘴裡發出非人的低吼，黑暗氣息狂暴了起來，連整個房間都在微微震動。

我立刻朝國王跑過去，雖然不知道羅蘭要怎麼突破皇家騎士的封鎖，但我相信羅蘭就是拚著今天折在這裡，也會衝到國王面前送上一劍，我只要在他攻擊之前，站在國王面前就對了。

我穿過皇家騎士的封鎖線，他們猶豫了下，最終沒有出手阻止我的穿越，就是國王都沒有制止我靠近，想來這得歸功於太陽騎士的聲譽和治癒力。

過程中，我不時轉頭查看羅蘭的狀態，甚至偷偷用上感知能力，隱約感覺到羅蘭身周的空氣似乎有扭曲的傾向，難道是……

我加快腳步，深怕自己會來不及阻止羅蘭，那事情就真的嚴重了！

羅蘭的身影原地消失。

在眾人還反應不過來的時候，死亡領主卻直接出現在國王的面前，對他露出滿足的邪惡笑容。

「國王陛下，贖罪的時刻到了。」

國王嚇得軟腿，直接跌坐在地上。

這是空間魔法中的瞬間移動，能夠在一瞬間縮短距離，直達另外一個地方，想不到死亡領主竟然能施展這種難度極高的魔法，完全超乎預料！

「住手！」

看到羅蘭毫不遲疑地舉劍砍向國王時，我縱身一躍，總算及時衝到國王的面前，鬥氣、聖光護體，再舉起太陽神劍來擋。

雖然有多重防護，但並不足以擋下羅蘭的攻擊，我的胸口還是被劃出一道深深的傷痕，大量的血噴濺到羅蘭身上，對死亡領主來說，這些充滿神聖屬性的血每一滴都具有殺傷力，他痛得不停低聲嘶吼。

雖然他被我的血溶蝕得有些狼狽，神情卻逐漸恢復正常，收起邪惡的笑容，雙眼的火焰也不像之前的濃黑。

見此，我疼得抽氣時，也不禁鬆了口氣，這傢伙總算恢復理智，原本我還擔心他再也恢復不過來，那今日的結果就只有當場火烤死亡領主了。

「格里西亞。」羅蘭抬起頭來，這些能夠對死亡領主造成傷害的神聖血液終於讓他意識到不對，有些疑惑地問：「你剛才爲什麼不阻——」

「羅蘭！」

我立刻打斷他的話，開什麼玩笑，要是讓這裡的人知道我根本沒有阻止羅蘭成爲死亡領主，那距離我被綁上火刑柱的日子就不遠了。

「我知道你不願放棄殺死虐殺你的人，但我也清楚你眞正的目的並不是爲了報仇，而是不容許一個不仁不義的虐殺凶手統治這個美好的國家，讓人民陷於水深火熱之中，製造出更多不幸的死亡騎士來，是嗎？」

我說的這些話和羅蘭本身的執念差不多，他果然反射性地點頭同意。

我平靜地看著他說：「既然如此，若是國王願意退位，以示對自己的罪行負責，你便可以滿意地升天了吧，羅蘭？」

「太陽騎士，你、你在胡說八道些什麼？」

國王終於反應過來，氣得滿臉通紅，但他又不敢太過喝斥我，死亡領主和他之間就只有個我隔著了。

羅蘭則皺起眉頭，似乎有點拿不准我到底在打什麼主意的樣子。

「羅蘭？難道你是羅蘭小隊長？」

這時，其中一名皇家騎士突然大叫，而他這麼一叫喚，皇家騎士們似乎有不少人都聽過「羅蘭」這名字，他們紛紛打量起死亡領主的長相，一個、兩個……最終許多人都認出羅蘭。

眾皇家騎士議論紛紛起來。

「真的是他，之前最年輕的那個小隊長。」

「是羅蘭沒錯，我以前和他一起巡邏過。」

「他是那麼有才華的騎士，居然……」

剛才第一個認出羅蘭的皇家騎士激動得眼眶泛紅，問：「羅蘭小隊長，您、您不是在外出任務的時候，被敵人殺死的嗎？」

羅蘭看向這名年輕的皇家騎士，表情很明顯地放柔了一些，說道：「原來是你啊，何里。」

聽到自己的名字被叫出來，何里激動到連劍都握不住，直接滑落到地上，他悲痛地問：「您、您怎麼會變成死亡騎士？到底爲什麼……」

羅蘭轉頭看向國王，臉上的仇恨神色在在告訴他人，這傢伙就是殺死他的凶手。

皇家騎士們的視線紛紛投到國王身上，不少人立刻露出恍然大悟的神情，完全沒有懷疑羅蘭的意思，畢竟國王平時的作爲都在告訴別人，他就是會幹這種事的人。

對此，國王似乎惱羞成怒了，大聲叫嚷：「就算我殺他又怎麼樣，他是我的皇家騎士，他犯了錯，我處決他，有什麼不對？」

一旁，大王子殿下疲憊地把臉埋進手掌中，似乎對父王犯下的爛攤子感到十分地厭倦。

「胡說！羅蘭小隊長是最遵守紀律的騎士了，他才不會犯什麼錯呢！那你說，他到底犯了什麼錯？」

那名叫作何里的皇家騎士顯然是「羅蘭後援會」的，竟然敢跟自家國王嗆聲，雖然他一嗆完就露出慌張失措的樣子，不過這些話明顯讓周圍的皇家騎士十分認同，光看他們冷眼看國王的模樣，羅蘭當初在皇家騎士中的風評應該相當不錯。

「他、他調戲公主！」國王狡獪地挑了個十分難查清的罪行，連自家女兒的名譽都不管了。

接下來的景象十分壯觀，二十來個皇家騎士一起露出古怪的神色，何里更是哭笑不得地解釋：「大家都知道，羅蘭小隊長不近女色不愛財不賭博不喝酒不打架，他除了練劍，還是練劍。」

這種人還眞是難找理由陷害，我估計國王的內心大概是這麼哀號的。

但國王不愧是國王，臉皮厚度非常人所能及，他仍舊狡辯：「我身爲一國之王，絕不會無緣無故殺掉自己的騎士，我說他調戲公主，就是調戲了公主！」

皇家騎士們都沉默不語，國王硬是不承認，那他們也不能如何，話說回來，就算國王眞的親口承認罪行，騎士們除了心寒以外，也不能做些什麼，除非打算造反推翻國王，否則沒有人能懲戒一國之主。

「國王陛下要殺他是因爲啊……」

一道慵懶到不應該在現在這種緊繃現場中出現的聲音突然響起來，在眾人詫異的目光中，暴風騎士從一面穿衣鏡後面走出來，姿態輕鬆，臉上甚至帶著在看見死亡領主後絕不該有的微笑。

暴風生氣了！

我看得出來，這傢伙每次眞正發怒的時候，反而會做出一種輕鬆的姿態，然後帶著這種輕鬆姿態，在旁人毫無警覺之下，突如其來地發動攻擊，直接重傷對方！

我目前是惹怒他的最高次數紀錄保持人，十三年來共計惹火他十次，慘遭冷不防的報復九次，少一次是因爲我在惹怒他以後，緊接著又惹火我的老師。

當他姿態輕鬆地要來報復我的時候，我已經慘兮兮地躺在床上，全身包得跟木乃伊一樣，他默默在我床前站了十分鐘，想來，最後他的同情心終於戰勝報復心——或是找不到沒傷的地方可以下手，總之，他什麼事都沒做就走了。

看來這一次，那間虐殺密室讓暴風騎士眞正發火了。

暴風用力推開穿衣鏡門，穿衣鏡「砰」的一聲撞在牆壁上，如果我沒看錯的話，牆壁好像龜裂了。

「他發現你虐殺女僕的惡行，還是個慣犯，爲了不再有受害者，他想要揭發你，卻被你抓起來，足足凌虐三個月才死！」

三個月這麼精確的時間是哪裡來的？我十分地疑惑，搞不好連羅蘭都不知道自己到底被虐待多久才死去。

國王臉孔猙獰，拚命大吼大叫：「誣賴！這是誣賴！你怎麼可能會知道我關了他多久！」

暴風淡淡地說：「天底下沒有不透風的牆，也沒有查不出來的祕密，我連你現在穿的是紅色豹紋內褲都知道了，還有什麼事情是我查不出來的？要不要我把你虐殺他的手法給你從頭複習一遍？鞭打、炮烙、拔指甲、剝皮、剪舌頭、泡鹽水、淋糖水放螞蟻……怎麼樣？還要繼續複習嗎？」

國王猛然變了臉色。

羅蘭聽到那些手段後，也忍不住掩面低吼起來，顯然這讓他回想起那些慘無人道的過去。

喝啊！我差點想給暴風立正鼓掌，本來只是吩咐他在事件中途跳出來，揭穿那間虐殺密室的存在，想不到他眞是一個負責任的傢伙，居然連羅蘭到底被虐待多久、被用哪些手段虐殺，外加國王的內褲顏色都查出來了！

我誠心對光明神祈禱，祈求暴風不會因爲太認眞工作而過勞死。

暴風從穿衣鏡前離開幾步，我這時才發現他把密室中的那塊掛布扯掉了，少了那塊布，密室中那股腐臭的血腥味頓時瀰漫出來，證實暴風方才揭穿的虐殺行爲。

這時，聖騎士們已經把黑暗生物收拾得差不多了，羅蘭並沒有注意到自己身後已經沒有黑暗生物在保護他了，但卻也沒有人上前攻擊羅蘭。

端看在場人的表情，想攻擊國王的意思大過於攻擊死亡領主。

我下令：「烈火騎士長，請去淨化那密室中的怨氣。」

烈火點頭接令，他進入那間密室後，沒有立刻施展淨化靈魂之火，而是呆愣愣地看著黑亮的床，顯然也發現不對勁，他伸手去刮床板，一抹黑紅出現在指尖。

那一刻，在場所有人都一片死寂，好一會兒後，才聽到烈火騎士呼出長長的一口氣，舉起雙手施放淨化之火。

火光剛起，密室中就響起怨念的尖叫聲，那是生前被折磨得最慘時，發出最爲慘烈的叫聲。

不少人臉色慘白地聽見這些尖叫後，立刻低下頭唸起光明禱告詞。

當尖叫聲過去後，一句更震撼的話語響起來。

「父王，請您退位休息，安享晚年吧。」

大王子殿下終於開口說話了，他臉上滿是濃濃的疲倦，顯然對這整晚的鬧劇感到很是厭倦，更無法再容忍沒有下限的父親。

「你說什麼……」國王愕然看著自己的兒子。

大王子收起倦容，聲色嚴厲地對國王說：「請您退位以示負責，讓孩子服侍您安享晚年。」

收到如此明確的話，國王眼神閃爍不定，他看了看周圍，皇家騎士們正冷眼以對，聖騎士們更是充滿不屑，離他不遠處，還有一隻恨他入骨且實力高強的死亡領主。

最後，國王看向我，而我轉過頭去，利用一頭金髮和角度遮掩，只讓他一個人看見我臉上那抹惡意的冷笑。

國王臉色大變，終於明白這整晚的事到底是誰幹的好事，幕後主使者竟是太陽騎士，十二聖騎士之首，可以調動整座聖殿的人，我猜想這傢伙說不定還會自行亂猜，或許這根本是光明神殿的陰謀等等。

「我、我退位。」

最後，國王臉色灰敗地宣布。

當他說出這句話的時候，我輕輕伸手到口袋裡，捏碎一個玻璃製的粉紅色愛心。

這時，羅蘭身上異狀突發，他緩緩地飄了起來，原本眾人以爲他要發動攻擊，紛紛持劍警戒，但他只是茫然地看著腳下，似乎根本不明白自己爲什麼會浮起來。

死亡領主身上的黑暗氣息慢慢消散，取而代之，卻是淡淡的粉色光芒。

怎麼會是粉紅色？明明就說要白色的！我在心底抱怨。

「難道因爲終於解決執念，所以他要升天了？」

某名顯然有讀過不死生物教科書的聖騎士發出驚呼。

「羅蘭小隊長！」何里看著半空中的羅蘭，帶著哭泣的嗓音喊：「您要走了嗎？」

羅蘭露出疑惑的表情，似乎很懷疑自己爲什麼能升天，他開始掙扎起來，散發出的黑暗氣息甚至逼退粉色光芒……

「死亡領主，讓我助你一臂之力！」

我高喊一聲，就趕忙用聖光籠罩羅蘭，黑暗氣息立刻消散無蹤，粉紅色光芒越來越亮，最後半空中出現一團柔和的粉紅色光團，光芒緩緩下降，將羅蘭籠罩在其中。

最後，羅蘭似乎明白了，他意味深長地看了我一眼，開口說：「格里西亞……再見。」

我對他點了點頭。

光芒一閃，死亡領主的身影消失不見，半空中落下嬌嫩的粉紅色花瓣灑落滿室，花瓣的芬芳之氣告訴眾人，這裡已沒有任何黑暗之物。

我看著房間裡頭飄散的粉紅色花瓣，心中是萬般慶幸，雖然有很多意料外的插曲，幸好事情最終照計畫完成了。

只有羅蘭成爲死亡領主，他才能眞正威脅到國王的生命，當我以身救了國王的命，眾人就不會認爲我偏袒羅蘭，接下來再讓暴風揭穿國王的眞面目，讓聖騎士對國王感到不屑，也讓皇家騎士對國王離心……雖然我覺得他們不用我挑撥就已經離心了。

在死亡領主的威脅、聖騎士的不屑，以及皇家騎士的離心之下，終於讓大王子殿下動容，他第一是可能擔心死亡領主會做出什麼同歸於盡的事情，二來也爲了安撫心冷的皇家騎士，第三嘛……也許是一個四十歲的老王子的小小私心，他終究還是出言勸父王退位了。

大王子掌政已久，當他下定決心的時候，即便是國王都不敢冒著和大兒子完全翻臉的後果，拒絕退位。

最終，總算逼這個虐殺凶手退了位，相信在我說過「有可能製造出更多死亡騎士」的話之後，大王子殿下會好好看緊他的父親，不讓他再製造更多悲劇。

羅蘭，如此作爲，也許你不會滿意，但我終究不是死亡騎士，無法以殺來解決這件事情。

死者可以殺完人報完仇就升天，但活人卻得留下來承擔後果，所以，活著的人們總是必須妥協，只希望你能接受這妥協之後的正義。

國王退位，死騎升天。

事情以眾人意想不到的結局收尾，但也算是個相當不錯的結局。

我們五十來個聖騎士回到聖殿，雖然有人輕傷有人重傷，不過在神殿祭司的努力之下，半個小時以後，大家通通都頭好壯壯。

我身為太陽騎士，又受重傷，當然就第一個被十幾位大祭司丟來十幾個高級治癒術，估計連頭髮的毛鱗片分岔都治好了。

療傷完畢，我立刻就轉身想回房間補眠，最近不但勞累過度，還失血過量，現在好不容易把事情解決掉，誰都不能阻止我大睡特睡——除了跟上來的審判騎士長。

「太陽，我可以問你幾件事嗎？」

「當然可以。」我帶著太陽騎士的笑容回應。

審判遲疑了一下，還是皺眉問：「你帶烈火和大地去，真的是為了阻擋死亡騎士，而不是因為他們兩人生性容易與人起衝突，才能藉著混亂的現場，讓羅蘭有進階成死亡領主的時間？」

「大地騎士生性忠厚老實，怎麼會是容易與人起衝突的人呢？」

我恰到好處地露出疑惑的表情。

對於這話，審判皺了皺眉頭，我知道他無法反駁，畢竟大地騎士忠厚老實的事情是全大陸都知道的事嘛！

他只能跳過這點，繼續問道：「皇家騎士和聖騎士起衝突時，你和羅蘭才說了幾句話，他就開始進階成死亡領主，你應該不是利用你對他的了解，故意說話激怒他，讓他成爲死亡領主？」

我正想開口再來個「太陽騎士唬爛式」回答，但是審判卻根本沒有等待回應，就直接繼續問下去，沒給我開口唬爛的機會。

「在羅蘭快要成爲死亡領主的時候，你眞的沒辦法阻止他嗎？」

審判騎士一口氣說出兩個問題後，又遲疑了下，終究還是帶著肯定的語氣說：「今天晚上，事情會一路演變到國王退位，難道都是你爲了羅蘭做的？你這樣做——」

「審判騎士長！」我微笑地打住審判的質問：「你只要知道一件事情就好，不管那個死亡騎士是羅蘭，還是其他人，事情都絕對會是如此發展，不會有第二種結局了。」

審判騎士皺了皺眉頭，顯然有些不信。

我平靜地將手放在胸前的太陽騎士標誌，嚴肅地說：「我的老師告訴我的第一句話是，『正義是太陽騎士存在的信念』。」

孩子，太陽騎士也許做不到全然的正義，太陽騎士也許會妥協，但是，太陽騎士絕對不放棄執行正義，一旦你放棄執行正義，那就撕掉你胸前的太陽標誌，因爲你不是太陽騎士！

「我的回答，你明白嗎？審判騎士。」

審判沉默了會，點頭道：「我明白了，『太陽騎士』，不過，我還想問一個問題。」

「還有問題呀？」我苦哈哈地笑。

「太陽騎士應該不會讓死亡騎士在外面閒晃吧？」

「當然不會呀！」我做出最無辜的笑容，然後打了個大哈欠，轉身道別：「我眞的睏了，要回房睡覺了，你也早點睡吧，願你的夢充滿光明，審判長。」

審判騎士沉默不語，在我加緊腳步，總算快要可以在走廊上轉彎，脫離他的視線範圍時，他又突然開口問了句。

「那麼，格里西亞會不會放過羅蘭呢？」

聞言，我停下腳步，不由自主地摸了摸口袋，在我捏碎粉紅色玻璃愛心後，口袋就突然多出一本高級亡靈法術大全、亡靈學徒證一張，還有一張我一直沒時間看的紙條。

對於這些東西，我只能苦笑，一邊打開紙條偷看，一邊跟審判打哈哈道：「這個嘛，時間太晚了，格里西亞已經睡著了，改天再回答你啊！」

只見紙條上寫著——

「乖徒弟，你家羅蘭別想升天了，他告訴我，其實他的執念是想當太陽騎士。」

幹！

早知道一開始就燒死他了事。

十二聖騎的共同守則第一條

「無論在何種情況下，太陽騎士都是完美的！」

「太陽究竟是不是太龍？」

一張大字條貼在會議室的正中央，爲了避人耳目，這會議室連燈都沒點，裡頭的長桌上坐著十一位聖騎士，每個人的臉和身影都埋在黑暗之中。

其中一名聖騎士首先開口：「雖然太陽騎士的太陽劍法一向使得亂七八糟，讓人幾乎認不出來那是太陽劍法，不過怎麼可能瞞得過烈火——」

另一人立刻打斷前者說的話：「別扯到我身上，我從來沒說過太龍就是太陽，今後我也絕對不會承認太龍就是太陽。」

「就算是，我勸你們也當作不是。」一個低沉而充滿威嚴感的聲音說道，這聲音一響起來，眾人似乎頗有忌憚之意。

「雖然我們一向秉持著太陽騎士就是光明與正義的原則，從來不去質疑他，不過這次他眞的太過分了吧，連死靈魔法都使出來，難道不須要稍微勸告他一下？」

聞言，大家七嘴八舌地討論起來。

「但他學都學會了，你要勸告他什麼呀？學會了又忘不掉。」

「至少勸告他不要學到高級以上的死靈魔法。」

「混蛋！要他一輩子都不准用死靈魔法，也不准用魔法才對，聖騎士用什麼魔法呀！」

「拜託！你又不是不知道太陽的劍術有多爛，你讓他不准用死靈魔法，甚至不准用魔法，他搞不好兩天後就被人一劍劈死在外面了。」

「呃，這麼說也有道理……」

叩叩叩！

突來的敲門聲，眾人沉默下來，面面相覷，不知道該回或是不該回話。

「進來吧。」最後開口說話的人仍舊是那位擁有低沉威嚴嗓音的聖騎士。

門被打開了，大量的陽光透進黑暗的會議室，走進來的人也像是陽光一般，金髮璀璨，笑容開朗明亮，沒有人會把這個充滿光明的男人和任何黑暗事物聯想在一起。

而這人有個和他的外貌十足相襯的稱號——太陽騎士，他笑著環顧四周，彷彿沒有看見牆上貼的「太陽究竟是不是太龍？」這個標題。

太陽騎士帶上充滿歉意的誠摯表情，用感性的語氣說：「我最親愛的聖騎士兄弟們，太陽十分抱歉打斷你們的祕密會議，打擾大家的交流互通眞是個不可饒恕的罪過啊！」

「……」

「但是，太陽實在忍不住想跟我的兄弟們分享光明神賜予的神蹟。」

太陽騎士的臉上再度充滿喜悅神色。

「太陽剛才適逢光明神的祝福，終於明白起死回生術的眞諦，啊！連教皇陛下都忍不住爲此歡欣鼓舞，以後各位兄弟可以義無反顧地和邪惡爭鬥，不須擔憂遭受重傷了，太陽相信，只要各位兄弟的頭顱還在，太陽都可以將各位從死神手中拯救回來！」

說到這裡，他欣喜的話鋒卻突然一轉，又感嘆地說：「唉！只可惜起死回生術是個十分不穩定的神術，眞不知道什麼時候會成功，什麼時候會失敗呢！要是法術因爲『不明原因』而失敗，使得某位兄弟失去生存的機會，那太陽可眞會哀慟不已。」

「……」眾人繼續保持沉默。

「分享完喜悅的消息，太陽就不打擾各位兄弟交流光明神的仁慈了，祝福兄弟們聊得愉快。」

帶著濃烈到有些恐怖的笑容，太陽騎士緩慢優雅地關上門板，室內再度恢復黑暗。

黑暗中的會議室安靜了好一會後，才有人勉強開口問。

「剛剛那是利誘嗎？」

「不！那是威脅。」

審判騎士站起身來，決定離開這個毫無意義的會議，只丟下一句勸告：「我奉勸你們，我們的太陽騎士連國王都敢設計陷害，若沒有超過國王的地位，最好不要輕易惹他。」

暴風騎士也跟著站起來，懶洋洋地補充：「而且他還會連教皇都不會的起死回生術，精通神術，精通魔法，精通死靈魔法，背後有一個號稱『史上最強的太陽騎士』的老師給他撐腰，而且肯定還有一個身爲死靈法師的老師，順帶說明，或許還有一個身爲死亡領主的至交好友。」

幸好他的劍術不是普通的爛。眾人默默心想。

「去他媽的！他到底是太陽騎士，還是邪惡大魔王？」

大地騎士臉色鐵青地低吼。

綠葉騎士呵呵笑著說：「大地啊，難道你忘記了，從小到大，我們的老師是怎麼教導我們的嗎？」

「記住，孩子，無論在何種情況下，太陽騎士都是完美的！」

補充說明：「孩子，就算你不小心發現太陽騎士的不完美之處，除非你想親身體驗他的不完美，否則，你最好還是乖乖承認他是完美的。」

《吾命騎士 vol.1 騎士基礎理論》完

後記

後記這邊會分爲原始後記，以及這次二〇二三年新版補充的一些想法。

因爲原始後記是我當初在寫《吾命騎士》時，當下最眞實的想法，刪去實在可惜了，如果是新讀者的話，可能沒有看過舊版呢，所以決定將原始後記全部保留下來，再將一些新的感想補上。

首先是新補上的感想，雖然時間經過十幾年，但自己現在重新翻看起《吾命騎士》，還是看得津津有味，自己也能好好享受地看完，眞是讓我鬆了好大一口氣，最怕隨著時間過去，而感覺過往寫的書變得不有趣了。

幸好，還是能饒有興致地看完，至少我是如此，當然希望大家也是如此。

比較不滿意的是以前的用語眞的好多贅詞啊，人在當下還眞是難以看出缺點所在，等過去一段時間再重讀，才能眞正發現行文有哪些問題。

幸好還有新版可以進行更新。

首集的更新主要體現在用字遣詞之上，也有新增用句，新增最多是在戰鬥場景，後續集數除了繼續修正用字遣詞，還會有新段落，增加十二聖騎士攜手合作戰鬥的場景，一些當初交代不夠清楚的細節劇情，修正當初沒有發覺的一些小ＢＵＧ等等。

當然，每集特典本也都會持續有的，第一人稱故事的困難點就在於主角看不到的事件只能用口述等等間接方式來進行，難免就無法描述得太過詳盡，多少有些可惜。

所以，在新版利用特典本來補上更多配角們的故事，希望可以藉由更詳盡的背景故事，讓大家對書中的人物有更多了解，進而更喜歡他們。

首先登場的是羅蘭的番外篇。

羅蘭是《吾命騎士》中比較悲劇性的角色，畢竟登場時已經是死人狀態，比起太陽，他的個性更像是傳統故事中的騎士，與太陽形成明顯的對比，像是對照組那樣的人物。

在吾命騎士的番外篇——《39》會有更多羅蘭的故事，喜歡羅蘭的讀者朋友可以參考番外篇《39》，但建議新讀者還是先讀完本傳再去看番外篇系列喔！

最後要跟大家偷偷說，雖然我們的十二聖騎士有不少是孤兒院出身，自己都不知道自己哪天生的，但爲了慶祝新版誕生，本作者特別跟光○神溝通，才好不容易得來這生日密碼，大家要好好把喜愛人物生日收好喔！

原始後記

打從寫作以來，御我都想寫個有關於騎士的主題。

「騎士」這兩個字簡直是每一位少女心目中都會幻想過的名詞之一，順帶說說，「王子」通常是更受歡迎的少女幻想名詞。

咳！總之，基於御我也曾經有過粉紅色的少女夢想——喂！不准露出懷疑的眼神——所以我決定寫這本有關於騎士的書。

但由於御我在寫這本書的時候，不小心已經過了少女粉紅色夢想的時期，所以，這本書就從一般正常的騎士傳說變成不正常的騎士之眞實殘酷面大揭露小說。

打從一開始，我的腦海中就決定要寫個「俗夠有力」的設定，所以「光明神」就出來，緊接著「光明神殿」就出現了，既然是光明信仰，那主腦當然就是頭頂上那顆最亮的太陽了，所以，咱們的「太陽騎士」就跑出來了，再來，一個用到爛的經典數字，「十二」聖騎士就出現了。

於是，《吾命騎士》的大約架構就完成了，而御我也開始一一爲大家揭露騎士的眞實面貌，書中有很多有關騎士的苦命描寫可是貨眞價實的，譬如說，騎士的武器修理費啦等等問題，不知道是不是讓大家稍微瞄見一個騎士的眞實面貌呢？

如果因爲看本書而對騎士一詞幻滅的話，也千萬不要來找我啊！

P.S.：神祕的題外話是，本書作者居然在寫了四萬多字以後，才開始想主角到底要叫作什麼名字。大家有沒有注意到啊！主角居然在書都到一半了，才提到他的名字，可憐的格里西亞喔！

接下來，大家應該可以數數看喔。

溫暖好人派有太陽、暴風、大地、綠葉、烈火。

殘酷冰塊組有審判、寒冰。

可以明顯看出，本書中並沒有提到全部的十二聖騎士，這件事情透露出一個重要的訊息……

這本書會有續集！

所以記得要買下一本、下下本、下下下……

咳！御我眞正要解釋的是，《吾命騎士》並不是單本小說，算是一個系列性的小說，主角都是我們的太陽，但是，每次他會遇上的麻煩和任務（和苦難）可都不同，當然就會展開幾個（集）不同的故事啦！

至此，希望大家會喜歡格里西亞．太陽的冒險（苦難）傳說。

同時也歡迎到御我的地盤來，我有舉行角色人氣投票和看讀後感的嗜好，藉此來看看到大家到底喜歡哪些角色，人氣好的角色，御我就會想讓他多多在故事中出場，以及在封面上出現，所以大家若鍾愛哪位角色，不妨來投投票喔！

以下都是御我的家。

來御我家逛逛吧～

The Legend of Sun Knight

吾命騎士 vol. 2

下集預告

走過路過千萬不要錯過，
下集即將揭曉太陽騎士必做的每日例行任務。

不管你是太陽騎士的粉絲，或者太陽騎士的仇人，
此集必入手，幫助你成為最了解太陽騎士的人！

冒著生命危險的獨家加碼：審判騎士的祕辛！
通通都在《吾命騎士》第二集！

～2024 國際書展，敬請期待！～

國家圖書館出版品預行編目資料

吾命騎士. 1, 騎士基礎理論 / 御我 著.——初版.——台北市：魔豆文化有限公司出版 :蓋亞文化有限公司發行，2023.11
面；公分.——（Fresh；FS216）
ISBN 978-626-97767-4-0（第一冊：平裝）

863.57 112017012

fresh FS216

吾命騎士 vol.1

作　　者　御我
插　　畫　J.U.
封面設計　莊謹銘
責任編輯　林珮緹
總 編 輯　沈育如
發 行 人　陳常智
出 版 社　魔豆文化有限公司
發　　行　蓋亞文化有限公司
地址：台北市103承德路二段75巷35號1樓
電話：02-2558-5438　傳真：02-2558-5439
電子信箱：gaea@gaeabooks.com.tw
投稿信箱：editor@gaeabooks.com.tw
郵撥帳號 19769541　戶名：蓋亞文化有限公司
法律顧問　宇達經貿法律事務所
總 經 銷　聯合發行股份有限公司
地址：新北市新店區寶橋路二三五巷六弄六號二樓
電話：02-2917-8022　傳真：02-2915-6275
港澳地區　一代匯集
地址：九龍旺角塘尾道64號龍駒企業大廈10樓B&D室
電話：+852-2783-8102　傳真：+852-2396-0050
初版二刷　2023年 11月
定　　價　新台幣 280 元
Published and printed in Taiwan

ISBN 978-626-97767-4-0

FS216

吾命騎士 vol.1

魔豆文化　讀者迴響

感謝您在茫茫書海中選擇了魔豆，您的支持是我們最大的動力。
不要缺席喔，讓我們一起乘著夢想的羽翼，穿越時空遨遊天地！

姓名：　性別：□男□女　出生日期：　年　月　日

聯絡電話：　手機：

學歷：□小學□國中□高中□大學□研究所　職業：

E-mail：　（請正確填寫）

通訊地址：□□□

本書購自：　縣市　書店

何處得知本書消息：□逛書店□親友推薦□DM廣告□網路□雜誌報導

是否購買過魔豆其他書籍：□是，書名：　□否，首次購買

購買本書的動機是：□封面很吸引人□書名取得很讚□喜歡作者□價格便宜□其他

是否參加過魔豆所舉辦的活動：
□有，參加過　場　□無，因為

喜歡出版社製作什麼樣的贈品：
□書卡□文具用品□衣服□作者簽名□海報□無所謂□其他：

您對本書的意見：
◎內容／□滿意□尚可□待改進　◎編輯／□滿意□尚可□待改進
◎封面設計／□滿意□尚可□待改進　◎定價／□滿意□尚可□待改進

推薦好友，讓他們一起分享出版訊息，享有購書優惠
1.姓名：　e-mail：
2.姓名：　e-mail：

其他建議：

廣告回信　郵資免付
台北郵局登記證
台北廣字第00675號

TO：魔豆文化有限公司　收

103 台北市承德路二段75巷35號1樓

魔豆

魔豆